印回大唐

钟国康 著

广西师范大学出版社
GUANGXI NORMAL UNIVERSITY PRESS
·桂林·

目 录

梦回大唐

我很早就接触毛笔，因为小时候穷困潦倒，买不起铅笔和圆珠笔，只能自己做毛笔。我父母在雷州半岛的建设兵团工作，那时连饭都吃不饱。我六七岁时被送回广西老家，每天放牛、捡柴，在一个只有十几个学生的破庙里认字，用的毛笔是爷爷用猪毛做的。我到现在依然记得，因为兑了许多水，当时抄字的墨水很臭。一年后我回到雷州，开始读小学。周围的同学都在用铅笔时，我还在用毛笔，直到现在我的钢笔字都写不好。从小到大都是用毛笔写字，也可以说小时候的穷困反而成就了我的书法。（“印回大唐·钟国康诗、书、画、篆刻现场创作展”准备工作照）

尊敬与蔑视、同情与冷漠、喜欢与厌恶，都是态度。干自己喜欢干的事情，就有力量；干自己厌恶的事情，就是灾难。你懂你学的事情先做了，就是先有饭吃了，肚子一饱了，花大力气干什么事情都有力量了，这就是我的先行态度，也是我最后找到自己空间位置的方法。（图为『印回大唐·钟国康诗、书、画、篆刻现场创作展』做准备时，信心十足照）

序一：

三天半把所有白墙写满刻满诗书画篆刻

□ 钟国康

■ “印回大唐 · 钟国康诗、书、画、篆刻现场创作展”，关键词在“现场创作”四字里。过往的展览，容易带欺骗性，因为不是现场书写，什么情况都有可能出现。人们常说的枪手或代笔就是这样产生的，全国各地枪手和代笔现象屡见不鲜。

现诗、现写、现展、现藏。朋友说我“艺高胆大”，我说我只是回归先前文人玩法而已。我希望艺术的抒写体验可以自己享受，也可以与人分享，过往的殿堂艺术要回归群众中来……竹林七贤的文人玩法，一边吟一边写的境界，最能表达艺术人生的情怀。

贾平凹说：“我见过他在宣纸上写字，墨调得很稀，长锋笔戳过去，几乎是端着水墨，淅淅沥沥地就到了纸上。然后使很大的力和很大的动作，如武术一般，出奇的是墨是墨、水是水，有海风山骨的味道。”

中国著名书画评论家薛永年说：“其人语速极快，如弹发连珠。相与论印学，初不言传统，而自美其美。讥刺今古印人，淋漓酣畅。标举自家艺术，雄谈自信。尝曰：‘吾之印殊少解人，唯上诉真宰耳！’乍闻其言，觉出语轻狂，而相谈有顷，轻狂之感顿无，善学深思之诣遂显。盖不独能见古今诸家之短，尤能会古哲今贤之长，取舍前修，推陈出新，其思维辩证，识超见灼，故独具手眼。余不禁叹曰：‘昔米元章谓英雄欺人，实欺附庸风雅无学而好事者耳。’”又说：“偶然阅其旧谱，见已钩去若干，论其长短，亦谓朱文无稿操刀，正在知难而进。足见其严以律己，贵有自知也。国康岂狂人哉！”

深圳大学前校长章必功在一次展览会上说：“钟国康曾经是我的同事，我的好朋友，他是奇才、怪才、鬼才，他很会折腾，很会以艺术结合商业，从而落地变成实用的一位艺术家……”

网上也有群友说：“他很狂，很痴，很牛，很不近人情，脾气很丑很臭，从而就变成了‘最丑的那个人’了……”

大家说说，以上所说的重要吗？我说都不重要，重要的是今天我们眼前的实操，看其货真价实不？

我现场这“货”，墨是臭豆腐之臭，我的笔自制，刀自制，印泥自配，墨自调。刀为笔用，笔为刀用，石当纸用，纸当石刻。泼墨下去，时有笔不沾纸，字已半成，半个钟头之内，字还会生长。忍得“墨香”者，不需要戴口罩。忍不得“墨臭”者，免费供口罩。作品基础在传统之间，墨法、刀法、笔法强烈存我……人说我：“笔墨胜刀刻，柔锋吞吐强。变通施手段，生性好痴狂。”

我说：“不作他人，孤亦风雅 。恐非才气，存我最真。”

2016 年 7 月

我小学一年级开始帮高年级的同学写墙报，到了初中，已经开始帮兵团写墙报、板书了。我可以写宋体、黑体，两米多的大字我都能写。因为美术字写得好，农场给我分配了个好差事——放电影，因为需要画海报、写宣传板。别人看电影是看故事情节，看好人坏人，我开始也一样，但是当一部电影看了十几场后，连台词我都背会了。这时候我开始欣赏女主角的美，连女主角都看烦后，就看电影中的景色和建筑。我在雷州时，大部分建筑都是平房、草屋，但是《桥》《列宁在1917》等电影里那些恢弘的建筑，尖塔、拱门、大广场，带给我强烈的震撼，电影艺术也许真正开启了我艺术探索的大门。（图为『印回大唐·钟国康诗、书、画、篆刻现场创作展』场面）

西安建筑科技大学
2016
第二季
印回大唐
钟国康诗书画篆刻现场创作
主办单位
媒体支持

序二：钟国康

□贾平凹

■ 纪渻子为王养斗鸡，历久乃成，其鸡望之若木鸡，盖德已全，它鸡无敢应者。

这个故事，我最先不是从《庄子》上读的，是钟国康告诉我的，他送了我一枚印：木鸡养到。

钟国康是我十余年来见到的很奇怪的人。他凹目翘鼻，胡子稀疏，头发长，卷而油腻。老是穿黑衣。似乎背有点驼，前襟显长，后襟短促，一条线绳从领口拉挂在腰间，他说有这条线绳就生动了，其实拴着一个手机。行走飘忽，有鬼气。

他是位书法家，用笔在宣纸上写字，用刀在印石上刻字。

形状这般的孱弱，他应该低眉顺眼，应该寡言少语，但不，他始终不能安静，走来走去，好激动，表情丰富。不停地要说笑，边说边笑，边笑边说。我见过他在宣纸上写字，墨调得很稀，长锋笔戳过去，几乎是端着水墨，淅淅沥沥地就到了纸上，然后使很大的力和很大的动作，如武术一般，出奇的是墨是墨、水是水，有海风山骨的味道。那场面，能想象李白酒后作诗，李白可能很清高，很潇洒，他却几幅字写成，满身墨渍，尤其用卫生纸按拓，一团一团脏纸在地上丢下一层。在印石上刻字那就更疯了，眼镜往额上一推，好像让头上再多两只眼，然后拿块印石，看，看，看得印石都羞了，猛地从怀里掏出刀来，别人的刀都是一乍长的，他的刀一指粗一尺长，简直就是钢凿子！咔，咔，咔，他讲究节奏。他刻印的时候大家都围上来，不敢出声，他却好为人师，讲为什么这个字这样结构，这一刀处理有什么含义，怎么会出现这种效果啊，他哇哇大叫，为自己得意。

他从来都是自负的，眼里无一人无一物能碍，却同时又都为他囊括。仰观象于玄表，俯察式于群形，他正经地告诉我，他要活到九十以上，他要年年把一些东西加进他的艺术里。我不能准确地读出他有哪些突破有哪些局限，但我在他的书法里读出了金石味，在他的印刻里又读出了毛毫、水墨甚至宣纸的感觉，其宣纸、印石上的作品雄沉豪放，感情充沛，生命蓬勃。

关于他，社会上有许多传言，说他相貌奇异，举止常出人意料。说他饭量极少，精神张狂。说他自制墨和印泥，弄得屋里臭气不散。说他外出开会，车厢就放一筐印石，三五天回来那印石全刻了，然后一筐一筐的作品就存封在那一间专门的房里。说他好色。说来求印的，一枚印二万，若讨价，就二万五，再讨价，就三万，还要讨，便起身送客了。说有许多人在社会上收集他的旧印，有收集到一百枚的，有收集到二百枚的，还在收集。说有大老板正筹划给他建艺术馆。

我看着他，总想：这是个什么人呀，可能前世是钟馗，今世才一身鬼气，又邪而正，正而大吗，或许是关公门下吧，玩的是小刀，使的却是大刀的气势？

我也送他一幅书法：木鸡养到。

艺术家首先是个乐天派，然后他才能找到自己的快乐！艺术本身就是一个人的事情，你一闷心，心就死。

这是男人用『护舒宝』的见证。

序三：

吃了豹子胆的人

□ 陈文

■ 钟国康的“印回大唐·钟国康诗、书、画、篆刻现场创作展”在西安贾平凹文学艺术馆展出时，贾平凹在开幕式上说，钟国康吃了豹子胆，敢称自己印回大唐，要知道，西安历史上是个什么地方。我在现场，贾老师的话听起来是严肃的批评，但又像深切的赞许。

同样的赞许，我也知道作家麦家说过，钟国康是野生的艺术家。

一个庙堂，一个野生，看起来矛盾，但在钟国康身上又是那样天衣无缝。

显然，钟国康知道李斯为秦始皇刻印称帝的故事。这第一方皇家玉玺问世两千多年来，从权力的象征，达官贵人的摆阔，文人墨客的把玩，到普通百姓的文化符号，演绎了印章文化在中国历史长河中的经典传奇，在钟国康心中也掀起了无数波澜。

变，是钟国康治印的主题。历史上皇权的严肃，官员的谨慎，文人的收敛，百姓的惧束等习惯观念，无不在印章的大小规格上表现得淋漓尽致。无知无畏的钟国康无视这一切，用手中的刀，刻出石头的温度，刻出汉字的动感，刻出生命的气息，只为探索印章的当代美感。丑丑的钟国康，要把一方方石头，雕刻成一个个美丽新娘。他兴冲冲地带着这些艺术新娘，回到十三朝古都西安来了，声称“印回大唐”。难怪，贾平凹称他是吃了豹子胆。

这次展览有褒有贬。西安人的文化鉴赏水平还是很高的，大多数观众看出了钟国康书画印章与传统的不同，有创新精神。但也有个别人在报纸上发表批评意见，说连贾平凹的贾字都刻错了，还好意思“印回大唐”？

反击批评是钟国康的强项，就像他反传统一样，坚决不依葫芦画瓢，只按照自己的想法刻，在刻的过程中寻找美感，一点点地改变。他认为如果不变化，一味按古人的方法刻，自己就是一个活着的死人。

自从写了钟国康的私人艺术史《最丑的那个人》之后，我一直为他站台，谁叫我年轻时就“不幸”认识了他呢？当然，这三十多年来，钟国康专注于艺术的精神，也多少打动了我。还有他对篆刻艺术市场的开拓，搞得“风吹草动”，用艺术赚钱不丢人的精神，也值得我这个穷酸的文人学习与反思。

可喜的是，钟国康尽管胆大包天，但算起数来还是清醒的。他说中国有 14 亿多人，自己一生也刻不了多少方印，要多带些学生。一个狂野的艺术家对时间的感叹，就是对艺术最深切的理解。凭这一点，我就应写这篇序言。

2020 年 3 月 23 日

给艺术穿衣是每个有艺术品味的人的修行。装裱字画是你为你的艺术穿衣，西装因为格调的整套而显得大美庄重直至稳重，格调的整套，也是装裱字画的灵魂，那么装裱字画里的『整套』又是什么呢？我认为，书画挂在那里就要与那里的环境协调，这才是最终的协调，这才是整体大美庄重并且稳重的体现。比如墙的颜色是白色的，框要接近墙体色，那么裱画材料绫与绢就也应该是接近墙体的白色。（左图是『印回大唐·钟国康诗、书、画、篆刻现场创作展』的展前准备工作）

西安“印回大唐·钟国康诗、书、画、篆刻现场创作展”是我第一次全方位的展示

■ 这次西安“印回大唐·钟国康诗、书、画、篆刻现场创作展”中，意在全方位地展示我的诗词赋赋及对联的现场创作能力、各体书法的表现能力。比如篆、隶、行、草、榜书、篆刻、绘画等，在泼墨、涨墨、笔法、墨法方面，打破自我从前伎俩，直下斩钉截铁之笔力，惊蛇横飞平野并施以骨肉强劲之丰瘦，生发干湿飞白苦涩畅，进而顺逆拖拉冲刷等。还在大幅小篇如斗方、横幅、中堂、条幅、条屏、大印、小印等艺术形式上实施推陈出新，解决了过往自己个展沉闷之手法。

一个书法家只写一两种字体，这说明他天赋不够。如果他搞个展，那只看他一两件作品足矣，无须看完他的全部作品。我在近代艺海里寻觅诗、书、画、刻、榜书均二之师，只有老缶昌硕、沙翁孟海两人。老缶、沙翁始终是我的偶像。

艺术需要各体互通，换句话说，各领域之美学需要互通。中国传统艺术是相互补充发展中的传统，是有生命力和活力之传统，只有变化万千且有深度、厚度和广度，最是深不可测的传统才是实在意义上的传统，才是我们中华民族的国粹。在书画艺术的范畴里，单一并非专攻，单一只是厚重的突破口。双木成林，三木成森也。这里无须“表扬”当下大多数“大师”之名了。鼓励生猛之弄潮儿，才是当下的各大学术团体之首要任务。

传统一成不变，不易传承，它只是半条死气沉沉的僵尸。出陈入古，出新敬古，畏新述古，均是辩证，均能生鬼。生鬼之精灵，经过审美的洗礼，年复一年，便是新一轮的传统……

当下单一书者非常多，每每个展，观其一二常可，再观三四便重复乏味。我常常也敲响警惕自己和超越自我的警钟。

今天西安“印回大唐·钟国康诗、书、画、篆刻现场创作展”只是第一次全方位自我展示和自我完善的探讨……有望诸位大方家于其散漫恣肆中识我苦心，且有以见教也。

不胜翘企之至，不胜翘企之至。

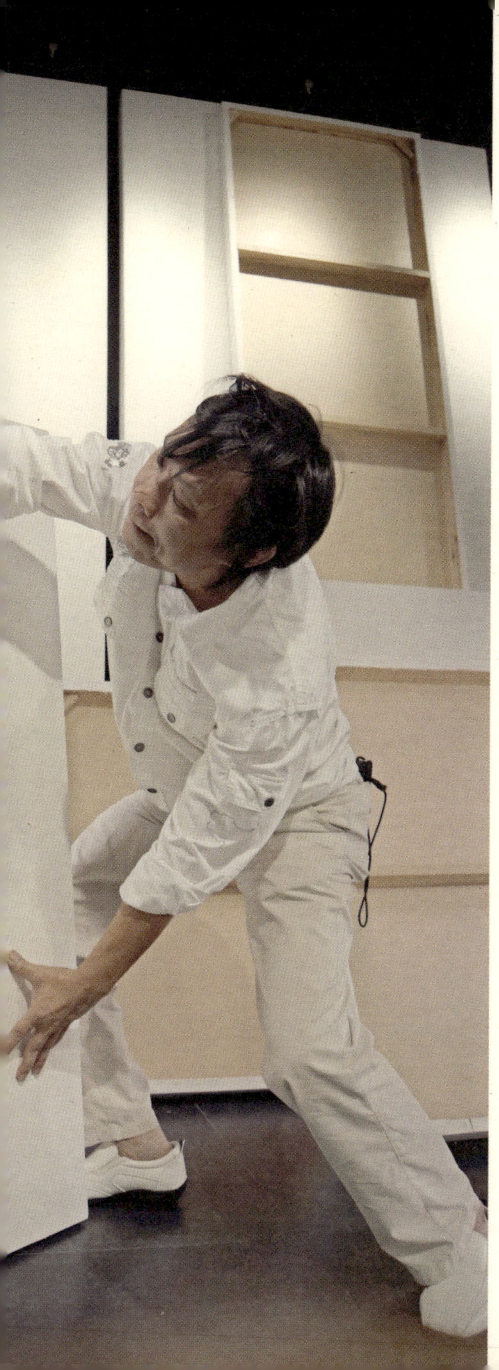

学书法篆刻没人管你，需要自己很努力。我很早就有成为艺术家的梦想，所以我白天拼命看书，放完电影后连夜踩单车回到农场，找有灯的地方继续学习。晚上的乡间小路没有一丝灯光，路两边都是黑压压的树林，只有两排树之间的天是白色的，我只能借着头顶的月色赶路。有一天晚上赶路时，突然迎面开过来一辆汽车，我赶紧躲开，结果冲到路边的沙堆上滑了下来，车轮差点从脑袋上轧过去。每天这样赶夜路，就为了回去能用电灯再看会儿书。（图为钟国康为展览裱板）

存我的手段

■ 在说“存我”之前，我先说说我的涨墨。

涨墨，全在一个“涨”字上，涨幅大小与涨墨轨迹是核心。“涨幅”指润开的淡墨部分；“涨墨轨迹”指“泼”与“写”所出的效果，以及胜似“屋漏痕”轨迹。

我探索涨墨三十多年了，我认为，把一件事情坚守下去便是“存我”的一部分。这部分与我的“刀即是笔”“笔即是刀”“书画篆刻三家相互融通”同样紧要。那么我的“存我”手段就明朗地分出了四部分：

一是我的涨墨；

二是我的笔即是刀；

三是我的刀即是笔；

四是我的书、画、篆刻三家相互融通的方法。

下面就让我谈谈我的四部分手段吧：

一、“涨墨”。它建立在和平共处的墨骨和水的关系上。我要求墨骨在泼墨中不变或少变，效果非常明显地留在“有骨、有肉、有皮”的可见可分的层面上。“有骨”，即是肉皮包裹的中间部分，是墨分色后沉积下来的一种黑色节奏，亦即最黑部分。“有肉”，即是淡墨润出的次黑色部分（第二黑部分）。“有皮”，即是淡墨最外层的泛黄边线部分，一般是铁锈茶迹所为。

二、“笔即是刀”。这部分说的是我的书画方面。做到一笔去，字成画成的同时，存在“有方、有利、有圆、有飞白、有涨幅”。这是我的书画方面的追求，也是我破“墨猪”的手法。

三、“刀即是笔”。这部分说的是我的篆刻。说是要做到刀代笔用的同时还要刻出墨味，涨墨味和书写的流动感以及时间上风化古韵味。

四、“书画篆刻三家相互融通”的方法。说三家气味相融合，气象要同出一家之手，格调笔墨气韵相对一致。做到书法中要有笔味、墨味、金石味、时间的古韵味。我的画中与篆刻同样要有笔味、墨味、金石味、时间性。

以上种种就是存我的手段。

2016 年 8 月 26 日

我的用印

■ 之前我说过了，在白色的宣纸上写了黑色的书法字，没盖上红色印章，本身就不吉利，这如同行着丧事。

印章盖在书法作品上，因为白纸黑字所占的比例太大了，印章只占个丁点比例。我认为，印章小，红色就小，喜庆就小，吉祥就小；印章大，红色就大，喜庆就大，吉祥就大。所以我的用印都比较大，全因喜庆需要，我的起首印和落款印都大。

我用印也有自己的特色和位置。比如：

起首印，我用长方形的最多。盖印时，起首印有高出起首字的，也有在之前一二字之间的，一般起首印都近墨色的边上。

落款印，亦即姓名章。早年我喜欢姓氏印和名字印均为白文印。四十岁后，改为一朱一白印。

古人喜欢把名字印紧跟款文的后面，距一个印的位置上钤印，我则喜欢在款文的左侧，在“钟国康”三字黏着字边处盖“钟”字朱文印；盖“国康”白文印。一般有两个位置，一是款文最后二字左侧；一是款文最后一字，空一至二印的位置，此印不用黏着墨边了。总之，我的习惯是最后两印肯定有一个印是黏着墨边的。如果两印都不黏着墨边，我会用墨笔点一下在最近墨字印章的边缘上，这也可算是我落款盖印的一个密码或暗号吧。

又，我用印喜欢与书画线条墨色表现一致。我的书画喜欢长锋软毫饱墨硬写，富有金石味和涨墨味；我的印章同样追求长锋软毫饱墨硬写的感觉，富有金石味和涨墨味；我的钤印印泥效果同理。也就是说，书画是大写意效果的，我绝对不会将一枚极工整的朱文印或过于干净整齐的白文印盖在我的书画上。

这是坚守钟国康之唯一性的方向性问题，我就是我，无须解释。

西安现场创作时所用印章。▶

国康

钟

国康

耳视目听

款文：钟国康

印鉴：寄缶庐、钟、国康

我的印泥

■ 印泥是中国人提点喜悦喜事用的精魂。

大凡中国人的送终、报丧、入殓、守铺、搁棺、居丧、吊唁、接三、出殡、落葬、居丧等，全都用白底黑字或黑底白字的横标等。但一旦盖上红色的印章，喜庆马上扑面而来。没有盖上红色印章的书画，我建议最好不要装裱和悬挂，因为它会带来一些负面的、不吉利的感觉。

所以中国的国粹红色印章，在书画使用方面有着它的特殊意义，比如：

一、喜庆祥和之用。

二、防伪印记之用。

三、加强作品品相和彰显个人格调以及修养的行径。

我的印泥同样姓钟。泥油中有我的DNA，是我书画艺术家庭成员的一部分，为什么这么说呢？下面且听我一一道来。

现在很多书画家不太注意印色，买回就用，那是极其不协调的。在一幅宣纸书法作品里，如果我们把宣纸比作母亲，毛笔字是父亲，印章就是儿子，这就是一家子。如果印色不讲究，那印章看起来就不是亲生儿子，而是捡来的。讲究体现在细节上，那就是印泥的红色、纸的白色、字的黑色三色是否糅合其中。其实，只需要往印泥里加一点点自我糅合的墨，然后钤在宣纸上，自然就像一家子了，“父母儿子”的基因自然就一致了。

中国的印泥大都是油性的，也有水性的，但市面上以油性印泥为多，我一般都是选用油性印泥。而钟氏墨汁则是水性的，油性与水性的东西，在传统和客观上是“水火不容”“油水不溶”。但钟氏经验让奇迹出现了。我的印泥与墨汁调拌搅和一百到三百次时，油是油，水是水，油水不溶；但当我调拌搅和一千到三千次时，印泥之油与墨汁之水自然就糅进去了，墨汁也在一定程度上挥发了。此印泥便是我需要的仿古印泥和钟氏所说的一家亲之印泥了。

这次西安“印回大唐·钟国康诗、书、画、篆刻现场创作展”，用的是特大印，更有甚者，是巴掌大的石头四面环刻，四面分合盖成一枚大印章，为了现场就手，需要满盆大口印泥盒才能施展。故此，我们重新调制了印泥，重量约有八斤。

近朱者赤，近墨者黑。近文化人，耳濡目染，黑白『雌黄』自然大化。（右为贾平凹，左为钟国康。）

我教人篆刻之方法

■ 刻印用印床、戴手套，就是装腔作势。光求稳有什么用？你有激情中传感温度的享受吗？你有那石头崩裂迸发直达人心的共鸣和快感吗？入石七分之深度厮杀，才是深入过程之艺术享受，你享受到了吗？刀冲出血有点痛，有什么可怕，痛才爽呢！深入深度之开发，才是刻印过程情感参与的真谛，否则不过是流水线上的机器，跟一双破鞋或者“砖家”之假，有什么两样？

学习篆刻可以一边刻印一边学篆书。还有记忆再好比不上翻字典，字典结字多样化，张三李四各有法，哪个字合乎整体协调需要就选哪个字，这才是你要的结果……

学汉印就是学汉印印面布白手段，学汉印简略整齐且痛快、热烈饱满又圆方有道。汉印亦叫汉印大白文，它的结构近于现代黑体美术字，多呈方形还深刻。汉印横平竖直，转弯如砌砖，大忌也；解决办法就是转弯如笔书写才对，转折刀如笔有飞白才精神；左角方了，右边就圆，右角方了，左边就圆……

我教篆刻是先刻“回”字，然后“一回、二回、三回、不回头”地刻，最后刻“百折不回”，意“千锤百炼”也。

修炼推进之真谛，先从简入手，让大家知刀性，然后“步步惊心”，让人好玩上瘾，从而占领信心之上风。但余下来要进行多字布白练习了，而后才开始刻四字以上的多字印。

每次都要求深“刻”，每笔画一两刀能够完成的就绝对不能用第三刀。要冲得狠，如“杀仇敌”。每天只需要刻1~10方相同内容的印，自己独立完成起稿刻或参照示范稿都行。每次上课时，每人都要带上之前刻的篆刻作业，不能少于二十印，包括“回、一回、二回、三回、不回头、百折不回”这些篆刻练习。

学篆刻也要不忘学书法，学篆刻，会篆书那是理所当然的。学篆书，把横竖写得一样粗一样直，再加两边弯回就是半圆了，半圆加横就是“口”，“口”中一竖就是“中”，再复杂的字都是横横竖竖，竖竖横横加些弯，就可写成篆书了。也就是说，懂写三笔——横、竖、弯，就懂写篆书笔法了……以临帖为主，临大字是必须的，每天临写两大张四尺整宣纸或四小张四尺对开宣纸。每次临都要求保留下来，然后选一两字可读得通的，有典故的文字来临摹。下节课每人都按要求带上每天的临摹作业，不能少于二十幅，否则就算不能完成作业的学员了，损失很大；能完成作业的，老师可免费题写一次书斋名或赠书法作品一件。

书法创作从一个大字开始，然后在导师指导下完成一字创作的款文练习。款文内容要精准，这才是书法书写的精魂，只有心力到位、笔力刚劲了才有意义。

钟国康为贾平凹刻印前征求刻什么内容及意见。

所以，学员除了临帖和创作，也一定要同时学习书写书法作品内容的表达方法，一边书写贵款（贵则多也，多字款也）文字。从一字、二字、三字逐步上增，直到对联、五言、七言绝句等。相信学期结束了，一定大有收获。

款文撰写要求如下：

1. 文字典故出处及本意是什么？

2. 引申之意是什么？

3. 同义词、近义词、反义词又是什么？或另解是什么？

4. 你们书写这一字、二字的用意、愿望、期望、展望是什么？诸如此类。

比如我曾经刻过“博吾”二字，这幅“博吾”二字印的款文可以这样写：“博吾，以白石结字法双刀为之。博吾此陶博吾也，散氏盘铭专家。吾于书法篆刻数十年如一日，广学博采，真可谓博吾之真也。寄缶庐主人国康刻。”

以上只做个引子。我们相信，通过以上训练，一年半载后，你不是人精就是鬼精了。

【不回头】【百折不回】

印章款文：想欣赏一路风光，你得经历一回、二回、三回、不回头、百折不回、千锤百炼的练习方可实现。

挂字画要与环境协调，更要与主人身份吻合和配套

■ 书画装裱及配框，应该是很多人都要接触的事情，应该有它的普遍性，所以我就与大家分享一下我的见解。

是的，书画配框及挂墙，属于装饰、装修协调的范畴。懂书画配框的人，一定会问：你家里或你办公室现在环境色调怎样？门窗、家私什么材料、什么色？墙是什么颜色？然后根据你家、你办公室整体空间调子来配做镜框。他们知道将要挂起来的艺术品不是独立的，而是配合整体规划的，是环境调子协调和人的精神追求所在。这才叫懂得全面考虑，才叫懂得配框的道理。

白色墙是世界的通用色。配好白色墙的书画镜框，就可通杀80%~90%的人群了，因为大多数人都是喜欢白色墙的。白色的墙就用接近白色的框，或银色框，或仿古银色框，只要接近白色墙的色调均可。只要是接近色，都可用高边或宽边的框，甚至可搞多层或雕花艺术的框。只要选用接近白色框的人，都会是懂得统一调子的人，都是懂得照顾整体协调的人。

木板及大理石墙。木板调子是浅色的，配浅色调子接近墙体样式的镜框；木板调子是深色的，配深色调子的样式镜框；大理石的调子也是同理。又比如中式的建筑装修，其门窗家具全是红木的，则红木样式的镜框也可以。欧式房子，欧式家具，则是欧式的镜框最佳。全套不锈钢、玻璃混合房子，墙体大面积是不锈钢、玻璃，则是简约结构的不锈钢或玻璃镜框最佳。

我正想着几种可能情形，如果墙体一是冷灰色调子的墙，二是暖色调子的墙，画框跟着调子走是一种，不设画框也是一种。不设画框的又分两种，一种是装裱周边跟墙色大致接近，画心再染些墙调子的浅心色。另一种全白色相信也很好。在“印回大唐”西安展上，就是全白色顶天立地设计方案。我广州朋友“KTK 艺术空间”的“钟国康文人印篆刻展”也是利用无框全白色顶天立地设计方案实施的，效果不错。

目前，整体装饰设计包括一些软装在内的国内的装修公司，设计的配套实施方案大都主调子很好，值得学习，环境调子也是对的，但心境调子大都不对。因为他们大都没有为企业或个人量身打造合乎身份的、有思想性的、有东方思维的文字内容，只是在画廊淘些自认为好的、不伦不类的、一知半解的、不合身的“西哲”“西服”之类的东西来，丢了东方审美之哲学思想……

我反对配挂字画仅是环境调子对了的设计，我们还应该要提倡“内容”调子也与主人或企业身份协调才对。每个挂件都有它的精神所在。如果某家医院挂了“杀猪喜兴”图，那会大煞风景的。

木南印信

凹公酒

开幕剪彩后，摆在眼前的顶天立地白板空空如也，三四日后，我全写上、画上了自己的『鬼马符号』。看到这顶天立地的『鬼马符号』，人们都说：『是有史以来第一次呢。』

历史上未曾有过把眼前这些顶天立地的白板，在三日半里，现场诗书画刻，现场面对观众出题，现场完成，现场装裱，现场视频直播，而将之变成一个展览、一本书的人，这算是我的一大尝试了。

纸不顺心，可以用墨破它，或浓或淡，弄懂纸墨笔性，便可破它。

我的宣纸

■ 我认为，用长纤维的薄宣纸最好施展我的涨墨，旧纸还比新纸好些，旧纸旧到无声似布者最佳。

没有条件选择宣纸时，光面的机械宣纸也可用，但一定要加些醋；厚红的光滑宣纸也可用，但一定要加碱；用新的瓦当纸时，因拓印图案表面上有较重的油墨，可用手掌心用力地在图案上打圈揉磨数次后，方可施以笔墨。

半生半熟的宣纸，只要敢在三分墨里加足二分水，此纸同样如生宣好用。机制加厚的红色纸，想要写出、画出涨墨效果，可用600号的砂纸均匀地打一遍，然后再用宿墨写，定出效果。

纸不顺心，可以用墨破它，或浓或淡，弄懂纸墨笔性，便可破它。

浓墨如漆，什么纸都可用，但弊病严重，严重就是浓墨干处，一经折叠或邮寄、存放，就会出现块状脱落和龟裂痕，重者整字整字脱落。这一块、那一块地脱落，如果一经明火，便会马上出现火药燃烧状态，并迅速牵连整张的墨线，烧空成只剩下白纸如镂空的字。如白蚁泥路被整体破坏了，左右伸张，弯弯曲曲，自然向前，有其独特性和唯一性，是另类的，不经意的，极富创意的；又同镂空的剪纸文字，新奇万般。这就是笔纸墨在不凡手段下产生的奇特有趣的效果。

淡墨最难在有骨有肉中幻出墨分五色的涨墨痕来，如果纸质量不好，就很难施展和体现水墨关系。纸质越厚，少墨写字，则拉不动毛笔；纸性薄，易墨透纸背，并且有如注铁水般流畅而生出厚实之感。

墨分五色。过往只在绘画上有见；施以书法，历史少见。可物质这东西，没有什么永恒不变的。人生这样，世间玩法也这样，再美好的东西同样面临得失和变化无常的问题。时好时坏，时进时退，因人无常，因物无常，从而无常，这算是世界留给人们与魔鬼斗争和较量的空间吧。

这次“印回大唐·钟国康诗、书、画、篆刻现场创作展”，我从深圳带了些又旧又薄的六尺宣纸到西安来。可惜纸张大小不合展板尺寸，急得我和策展人木南先生在西安搜遍各种文房四宝商店，寻找又好又薄的八尺宣纸。最后寻到一种八尺对开可用宣纸，解决了部分条幅用纸问题。但八尺整又新又厚的安徽宣纸只能将就用了，解决办法就是用我带来的宿墨加大量的水，方可实施我的长锋软毫饱墨硬写的计划。最后效果是否完满，你们就看展览去吧，或看我的微信、出版物均可知其一二。我笔我墨我纸，书写我心，全在其中。

艺术不是梦，艺术最能体会和用来深究灵魂深处那往往连自己都没有意识到的向往和眷恋。只要你用心去发现，去想了，那些精灵就会告诉你，你不就是一张白纸，好画最美、最新、最好的图画吗？大美全在用心去想，用心去做，只要用心去爱里头的一切，大美就会从心底里迸发出来。

我的篆刻刀

■ 我的篆刻刀同样姓钟，用作宰石用，专宰我手腕能胜任的 2~3 度硬度的寿山石、青田石、巴林石、广宁广绿石等。我的篆刻刀，大多是用 1.2 厘米的圆形合金钢制成，开 1.7 厘米的 V 形斜口，夹角约 30 度，刀把长约 30 厘米，全在精铣机床完成，锋利无比，削石如泥。直接用到缺角缺口，方可退出“战场”。一般每把刀的寿命约为一年，每每交替使用，就交替淘汰，一世百把篆刻刀，足以完成我一生篆刻的使命。

我从儿时折钢锯片磨利为刀，到后来数据铣床制刀，是个飞跃，我的篆刻艺术发展同样是个飞跃。

本人喜欢用力冲刀，刀刀深刻干脆利落为上。刻正文刻边款不用换刀，大印小印不换刀，一把刀用到底。在篆刻界里，我的篆刻刀应该属于加大号的长把柄刀，深刻只用腕力即可，3 度硬度的石头，灵活用些肩头之力即可，削石如泥。我的篆刻刀，每把都要比市面的长一倍以上，因此加力如神助……我印刻之痛快无不与这“神器”有关。古人说：“工欲善其事，必先利其器。”是的，工匠精神，必先利其器也。

从某种意义上说，我还应是个石匠或宰石夫。石头千千万万年后轮转到我的手上，是天缘。于我而言，石头应是向我献美来的。于我的刀具而言，也是向我献美而来的……应是续我手肩之力，续我手肩之长，执行我灵魂之使命，替我杀石，替我“犯罪”。它还是刀光剑影的“罪恶之神器”，但这“罪恶之神器”，好似历史上真的没有人声讨过它，并且还一直被人们青睐。狂爱篆刻的我，视它为得心应手之“神器”。我每每不起印稿，均在“神器”的神助之下，三五分钟之内，即可完成一宗“犯罪”过程，刻好一枚被宰杀的印石。神乎其刀，全在省力，全在削玉如泥也。

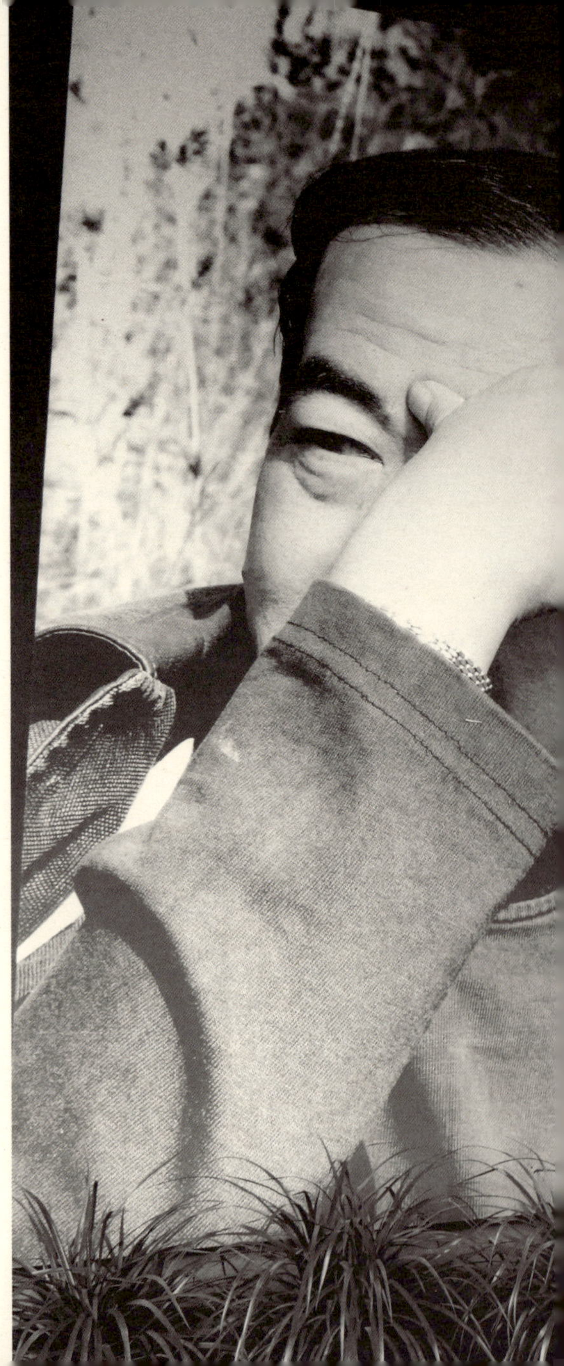

当了几年放映员后，我被调到遂溪县文化馆。遂溪县文化馆建在一座孔庙遗址上，我一个人住在办公室里的隔间，在那里待了六七年，也不知道自己到底有没有吸收到孔庙的文气。几年后，我调到了深圳群众艺术馆，然后又被深圳大学破格录用。在深大待了一年后，我就请了长假，正式开始了自己的艺术道路。（图片是西安贾平凹文学艺术馆大厅展墙）▶

我的画案

■ 我的画案不是画毡台面，而是一块粗糙的、带着颗粒且吸水的纤维板。其功能只适应钟氏墨法之用。钟氏施以泼墨，涨姿掌控在吸墨之“护舒宝”中，用力按将下去，或拍打或抚摸，全因粗糙、吸水、硬朗的底板，宣纸纤维不断不烂，且存“印饼”颗粒肌理，这就是钟氏书画的密码符号之一也。

这次西安“印回大唐 · 钟国康诗、书、画、篆刻现场创作展”，为了寻找一块同样功能的大板，我让木南兄女婿李刚先生找遍了半个西安城。

李刚先生电话回来说：“这甘蔗纤维板（也叫‘草纸纤维板’）早已被淘汰了。可否选用一种叫毡面硬底粘合板呢？”

我问道：“此物是光面的呢，还是粗糙哑面的呢？”

答曰：“粗糙哑面的。”

我许曰：“带些样板回来看看吧……”

最后试了试，这块 1.22 米 ×2.44 米大的毡面硬底粘合板就这样被确定了下来。缺点就是少了一点颗粒肌理，其他功能尚可。

“工欲善其事，必先利其器”的目的，这次未能达到，我心里还是有点难受的。“既来之则安之”，现场手段，全靠经验发挥了。

我被围攻批斗了

——翻锋行墨真出效果

■　每次办展览都似一场“肉搏战争”。同道中人都不作声，混得熟些的老友主动咬着耳朵说：“鸡蛋里挑骨头的人来了。”又说“这幅作品有问题”“那幅作品邋遢了”“这幅火气太足了”“大字过字不能这样写”……多人手持手机和小型单反相机拍个不停，好几天都来赶场，上午、下午都要拍，拍得我心里有点发毛，不知什么时候拿出来做“呈堂证供”呢。穆先生说，有人说“过”字写错了，我就立马查了手机字典，让穆先生过目，穆先生道：“没错。”现场小网友留言说，这“道”字也有人说写错了，我追问具体错在哪了，回复未具体说明；李先生又走过来说，有人问怎么钟国康先生没有写楷书。我说，我不写纯正的楷书，但常写些结构严谨的、静气的篆书。我把篆书当作楷书来练习，以为把篆书写好了，写地道了，就是把楷书的结构搞明白、搞透了……我指着一些篆书作品解说，并带着李先生去看一副篆书对联：“徐音清玉振，爱语大声华。”这是“印回大唐·钟国康诗、书、画、篆刻现场创作展”第三日我为江西徐振华先生当场撰写的一幅嵌名联。

有观众问我为何书法写得这么传统，从结构上看与传统书法大体没有两样，“你不是说，你追求钟氏之唯一性吗，为何书展上有二三幅这样地道的传统书法作品呢”？这富有挑战性的言语，我心想同行终于出来了。我因忙于手头创作，没有多加思考说：“可你有没有细看我的作品，我在结构上追求古人的布白严谨之外，我行我素地‘海风山骨’了一番，让浓淡墨精彩，有骨有肉的，你没看到吗？比如对联上的‘语’和‘华’字，这墨色变化，在篆书书写上应该是少有的吧。几千年来古人谁不想有一鳞半爪自己的东西呢？可是这是很难的。我有了这些小小墨色变化，今生足矣。”

当时因为我在专心赶创作，实在没有太多考虑又补充说：“我怕人说我没基础，我专门写了些地道的既传统又规范的东西来，那是必须的。”

其实，这种穿插是我用心安排作封口的作品，让同行和那些挑剔的人知道我的基础还是扎实的罢了。

后来，我又前往另一幅擘窠榜书跟前说：“‘石德堪师’算是我的楷书了。”可参观者说：“有一点点行书的意思！”我只能点头认可，不敢再解释。接着有位老者有点不解，笑嚷着问：“你为什么把墨搞得臭烘烘的，这样一来，美展都变臭展了，你不觉得尴尬吗？”我的老友曾先生又过来说：“有人问钟先生，你的毛笔怎么老是翻滚如孙悟空翻跟斗，有点撒野呢。”我无话可说，今天只能“撒”拱双手猛摇头之“野”了。说真的，我真想撒点野，给提出见解的人发点红包，堵住他们的嘴，利用“不解‘识’正是最好的解释”的办法，去应对他们给我派出的“大礼包”才对哩。这个，自然也正像是给自个儿发“大红包”了；就这么简单，自觉的左手给右手的不动声色的“交手着”；是无色有色的，是有声无色的，嘴角磕磕碰碰的，似笑非笑也只是嘴角知道，是自己眼睛没有见到自己的苦笑，就这样应付着个个“经典”暗战，庆幸没有发生流血事件，只见我独自动手动刀“杀纸”“杀墨”“杀石”的场景。最终缘来到此都是缘，都是对我最大的支持，最好的肯定了……真可谓：腥风啼狗帮凶狠，吓出一身大冷汗；尔虞我诈还得饮，鬼神恶状苦无端；涛声依旧东流水，共蒂深根知有难；今日明朝浊浪涌，向前健步如斯观。

翻锋也叫翻笔，是为了加强自身书法品相，以证明笔即是刀，刀即是笔而施行的一种手段，是使作品既痛苦又老辣，既雄浑又古拙的新手法。让传统圆笔有方笔之穿透力和开山凿石之厚重感，让书帖有碑版感，让死气沉沉、见惯见熟的老面孔换一副新面孔。换过换气的方法，或是声东击西、迅雷伏击，如折铁断钢、劈石开山、切玉行泥般痛快。把运锋运腕的习性，翻个鱼跃身，拼出个自我洗心革面的灵魂来……正所谓：翻锋倒把锋芒出，劈石锥沙屋漏痕；飞白纵横灵性笔，鬼神吞墨我销魂。

为了让翻锋能贯穿我的创作始终，我特地剪去长锋软毫部分笔毛，使其出笔下墨痛快哉，泼墨似有骨有肉哉，翻锋行墨真出效果。泼墨走墨一多了，我就及时用卫生纸吸去多余的墨，没成想，这一吸一按的，真灵。笔墨书写之外的感觉立马就自然融入作品中，品相出来了，似版画又有拓印效果，使简单的书法线条多了很多利锋刀感的肌理，浓淡干湿，深浅飞白，有骨有肉，有皮有血气，有自我。这正是我想要的曼妙感觉，就这样翻锋得来。

我在米芾、王铎、金农、沙孟海、陆维钊、康有为诸家书法里都发现了翻锋……让我知道我“玩玩”翻锋是极正确的。

我的臭墨，取法古人的宿墨效果。只是我制墨、调墨方法有别于他人，与黄宾虹臭墨臭罐子相同，但不似黄老等人在墨中为增加胶性而用唾液缩墨。唾液与“香港脚”臭味相同，但它们的气味与我的松烟油烟墨相比，我的臭墨更臭，且我的墨性效果更有力，能一笔写去“海风山骨”。

当我书写到第三天时，因为水土不服，又因吃面和餐餐都有辣椒等原因，开始发烧上火并得了重感冒，周身骨软无力的，使我控制不了长锋软毫。在带病工作的状况下，我就改用长锋兼毫。这些细微改变都被同行看在眼里：“请问，你不是说你用长锋软毫硬写的吗，你手上这支是什么笔？”我再次被质问了。我想，这眼尖而有些痛快的质问，有拷问的意味。我实说：“是的，这是兼毫，有些硬……”

过后，有粉丝把当时秒拍视频转给我看，提问者脸带嘲讽、奸笑、阴险……有“不吓死你这龟孙”，看你“猛龙”还敢过江找吃否！

现场创作第四天，我们计划要到大明宫去献礼，也想送方“大明宫”三字印和一些书法或绘画给大明宫。结果因为一些原因，这“献礼”活动取消了。我当时重感冒还未好，且当赐我休病假的时间了。

哈哈，在西安搞个人书法展，惹出这么多花絮来。真是十三朝帝都，事事都要十三“朝”脾气也……

石德堪师

款文：钟国康。

印鉴：寄缶庐、钟、国康。

尺寸：1.1 米 ×4 米

江湖上，压力不是有人比我努力，而是比我心高气傲牛上千倍、万倍的人依然还在努力奔跑，所以我只能小我地依此努力着。（图为『印回大唐·钟国康诗、书、画、篆刻现场创作展』现场）

我的多种臭墨罐

都是因为自己一个人太闷了，闭关的12年我大喊大叫只有书本能听到，本来就闷，我再装起来的话就疯了。我觉得『装』起来的人太多了，而我不装。生活状态就是笔头状态，这些装起来的人永远不会明白这一点。我能够大刀阔斧，以笔为刀、以刀为笔，写得有血有肉。我不停在学别人的书法，学我最需要的东西。我用一支剪残的毛笔写字，一碗荡漾的稀墨再泼进些茶水，长长的毫毛从墨中提起来滴滴答答，一边写一边用卫生纸按上去吸墨。我的字写完后，大家都想不到我用的毛笔会那么软（图为草书作品特写）。

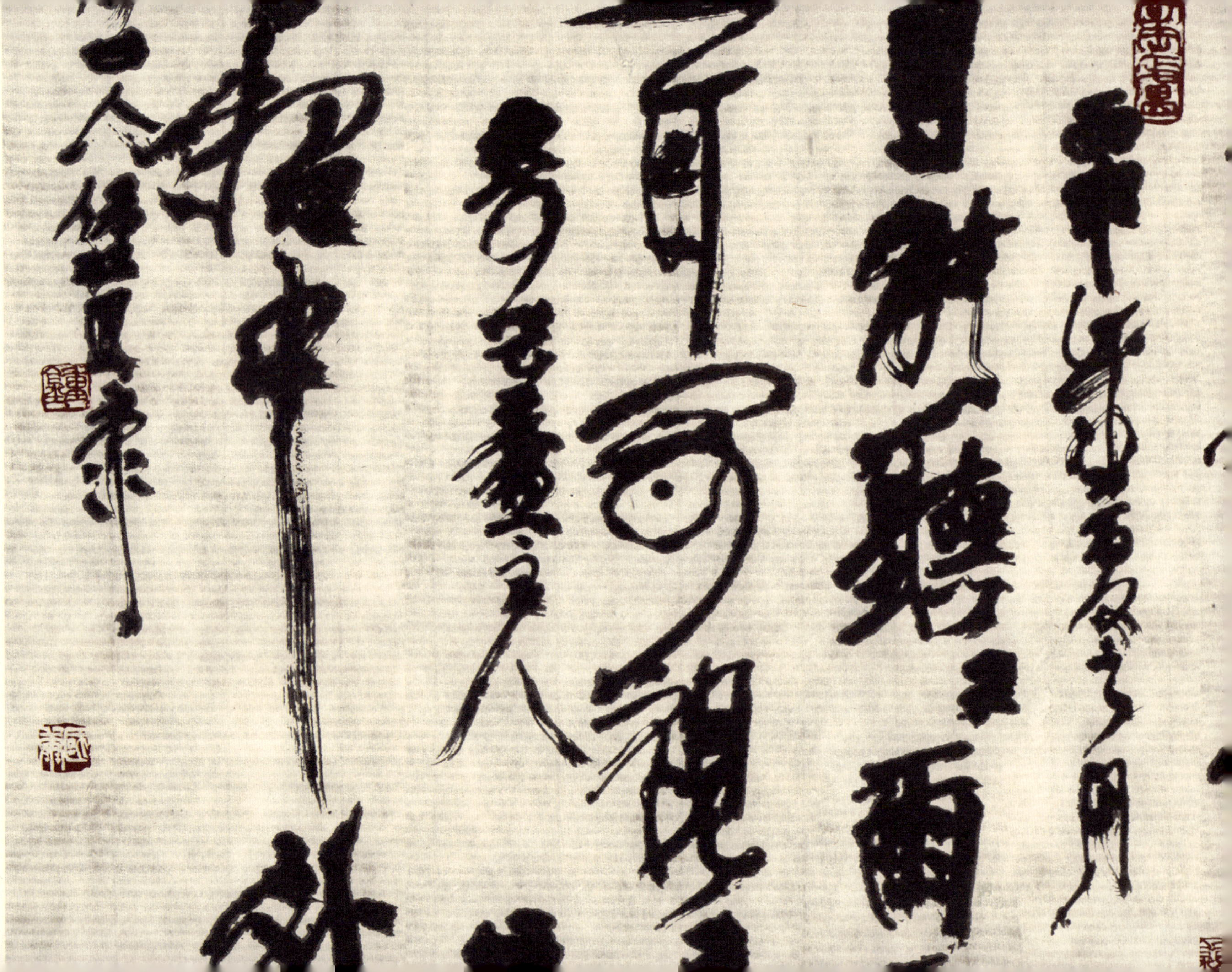

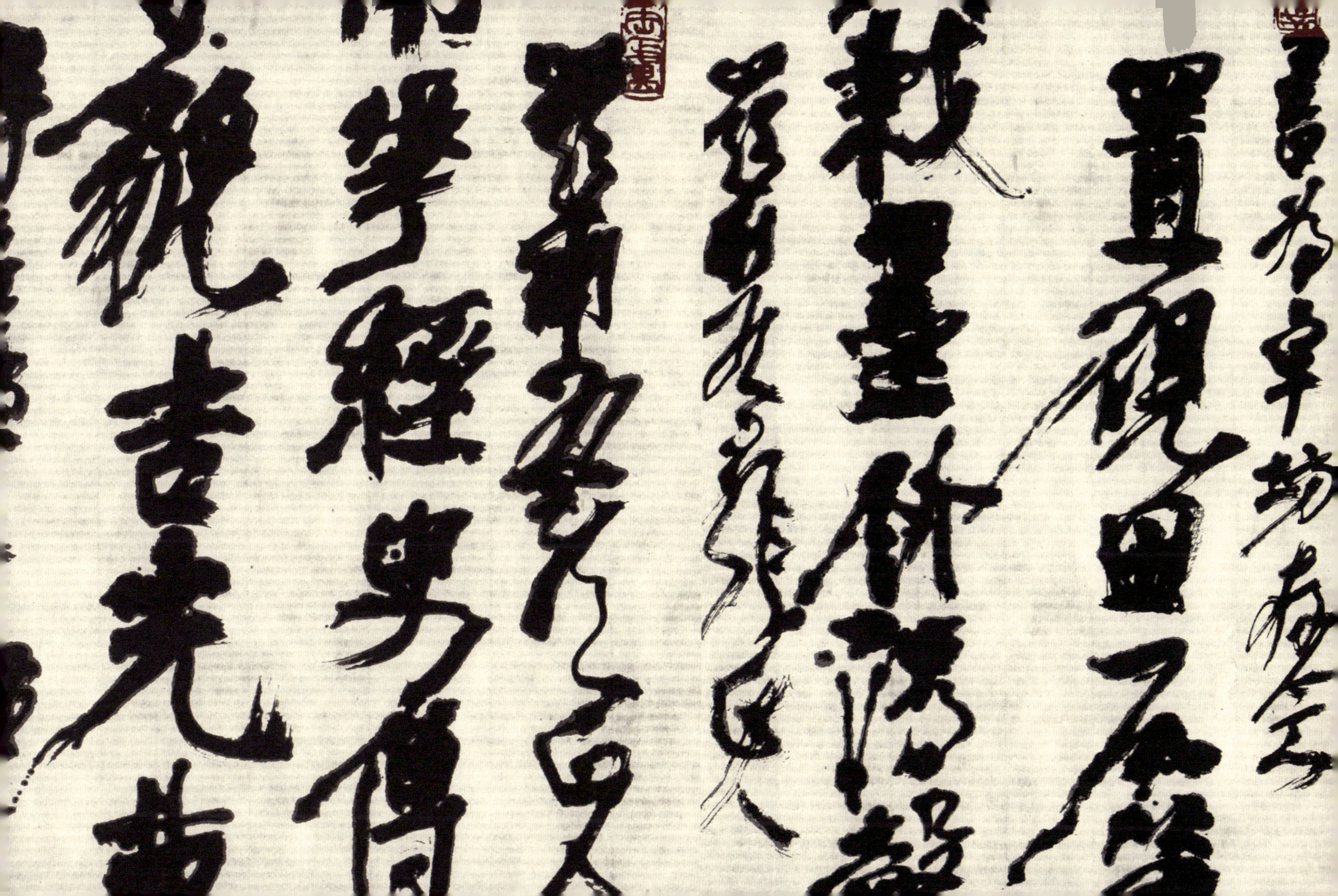

在工作之余学习书法，“输”不了

■ 在工作之余学习书法（输法），就是把“输法”全都“输”在业余时间去了，把“输法”搞懂搞“懵（猛）”了……一到上班搞正事，你就有了“章法”，你的正事就赢了。

是的，水库无堤就蓄不了水；无水又怎个输出呢？是的，小堤蓄不了过量水，水一过量，就会决堤。刚劲的书法是利用柔软的笔，柔软的墨，柔软的水，柔软的纸，加柔软的心去抒发，才能淋漓尽致，一天工作积聚下来的疲倦的气性，就变得柔和了。邪气与妖气蓄积而不得泄，会暴命的。上班前，邪气与妖气你都“输”个精光，一上班你就是赢家！所以说，下班练习下书（输）法有好处！上班族们，工作之余也试下练习练习书法（输法）呗！

人活着，大都是为谋生。苟且不得，极度认真，才能扭转人生！事业如战场，要想赢，就得想着法子过！

我在东莞有个朋友，一个业余书法、绘画、篆刻爱好者。他与大文豪苏东坡同姓，姓名和居住地都有一个“东”字。他“莞尔一笑”对我说，他的名字是“苏东坡”三字中缺一“坡”字，故其书斋就叫“无坡轩”，意谓前途无阻碍，开车走路少陡坡。我心想，希望归希望，世界哪有那么多好事呢！他跟我打趣说，钟国康的形象天生就是一个“艰难”货色，还出书自称是“最丑的那个人”，正是一个“困难户”，一名陡坡里死爬山的艺术家，与一个“乞衣仔（乞丐）”没什么两样。他见我没有反应，就补充说道，“文化乞丐”或叫“艺术乞丐”。我说拾（执）破烂的，拾古董的，画来就是文物的，刻来就是古董的，靠的就是眼光吃饭呗！艺术家亦是要依靠眼光吃饭的！所以我钟国康就是个地地道道的“大乞丐”了。

没错，“钟乞丐”这名我蛮爱听。我干着街边刻印仔的工作，工作好友少得可怜，是受众面极窄的小众“艺术家”。所以“钟乞衣”，是实际意义上的艰难生存者，是世人所说的“嫁错郎，入错行”的那一类选择了。这句话很实际，但又很无奈，人都几十岁了，转行，那是不可能的。所以，我只能借鲁迅笔下“阿Q精神”来提下神。阿Q振臂一呼曰：“嫁鸡随鸡，嫁狗随狗呗！”女的“怕嫁错郎”，很好理解，“郎”就是“狼”呗！作为“憨鸠仔”的我，入错行，就是“木已成舟，回天乏术”了！已是无办法挽回的事。“万箭攒心，脏腑欲裂！”有自知之明了。坚持到底就是胜利，就一错到底吧，我深信还有一个“好嘢沉归底”在等着我呢！

“好嘢沉归底”这句俗语，刚好是另一角度告诉我，只要耐心等待了，说不定收尾会有惊喜。

“无坡轩”主人，靠的就是前一个老乡，后一个老乡！前一个同一战壕的战友（农垦战友），后一个同一战壕的战友！再遇上他那一条犀利的“毒舌”，在一次“安静”的东莞之行里，就被他一番“好嘢沉归底”，成功地施行了一次“骗术”，让我心甘情愿地为他刻了十多方“货真价实”的“烂铜烂铁”，虽是酒后所刻的，但却是未见丑态百出的——好印来……至于书法，“无坡轩”主人则是“雁过拔毛”“兽过扒皮”，似乎已成我们见面的老规矩了。

哈哈哈，“无坡轩”主人！你工作之余习些书法、绘画、篆刻什么的，你真的“输”了吗？哈哈哈！这会儿，你工作之余轻松了吗，舒服了吗？

工作之余学习书法，“输”出的就是疲倦的性气，赢得的就是放下。原来，慰藉殷勤里，心喜自然通，好心情才是真朋友。“学中悟道，缘来是你。”

我先“梦回大唐”，然后我的“印回大唐”展就真的回来了。这得感谢金牌策展人木南先生的“一锤定音”：“咱们来个现场创作、装裱，做个真人秀怎样？”就这样，2016年7月9日上午10点整，“印回大唐·钟国康诗书画篆刻现场创作展”开展了。当天，因为我的墨臭，不少同道好友们也戴上了口罩，会场真的笼罩着一些紧张的气氛，在此深表歉意。（图为钟国康在“印回大唐·钟国康诗、书、画、篆刻现场创作展”上挥毫）

钱是赚不完的，但作品和名气可以流传下去。我很早就意识到，书法、绘画等艺术名家太多，在这些领域我很难留名，但是我一直喜欢的篆刻比较小众，我可以成为这里面最顶尖的人之一，而且能够接触到很多文化名人。我在遂溪县文化馆时，每个人都需要一枚印章，我就拿着自己的篆刻去敲他们的门，如果他们喜欢我就帮他们刻印章，和他们交朋友，就这样结识了许多文化名人。现在文化界许多人都是我的好朋友，他们也都在用我的印章。

我的涨墨

■ 在西安“印回大唐·钟国康诗、书、画、篆刻现场创作展”用的墨是我从深圳带去的。为了让我的作品有骨有肉，我在开幕前五天就把墨调好了，并且让其发酵到最佳状态。当时我是在贾平凹文学艺术馆二楼办公室调的墨。此墨盖子一开，满屋子就被熏得臭臭的，木南兄当时在场，叫着说：“顶不住了，太臭了！”叫我让李刚先生开三楼的门，让我到三楼调墨去。当时贾馆（简称）方面，坚决不同意我用臭墨，我说不用臭墨（“臭墨”古人称“宿墨”），怎能写出我的海风山骨、有骨有肉的涨墨效果来呢。我当即表示坚决不同意，但为了解决这“臭”问题，我提出了几个解决方案：

第一，准备一两百个口罩，现场创作时谁受不了就免费领一个口罩好了。

第二，用高度酒代替水调墨。

第三，就是将臭墨煮沸。

在三个方案中，第三个方案最难，因为臭墨煮沸后，房屋会深度臭上三四日的。

最后，我选了第一和第二个方案。我太太张氏去安排买了一两百个口罩，同时，木南兄也找来了一瓶“凹公酒”加在墨中。奇了，这高度酒真的起了作用，半天不到墨就不臭了。我不动声色地又拿回二楼办公室调我的墨，过一刻钟，我有意无意地问了一下木南兄：“这墨还臭吗？”木南兄说：“还好，可以接受了。”

当时怕解决不了这“臭”问题，我就在“印回大唐·钟国康诗、书、画、篆刻现场创作展”前言里这样写道：“我现场这‘货’，墨是臭豆腐般的臭，忍得‘墨香’者，不需要戴口罩，忍不得‘墨臭’者，免费供口罩。”

开幕前一日，我们怕节外生枝，被人利用，最后派口罩一事就这样给否决了。

我的墨有植物、动物、矿物、酒、茶、草胶、铁锈，有我的DNA，一经发酵就奇臭无比。

其实，我坚持用我特制的臭墨，是有多方面原因的。

一是能出我需要的意趣效果，给书法来点涨墨，给画来点潮流，出预计效果，就是出独一无二的作品品相了。独一无二的作品品相，就是我之唯一性。特别的墨，出特别的我嘛。

二是传媒需要。媒体需要视觉效果，更需要嗅觉效果和故事。

这墨奇臭无比，既可让人记住，亦可让人议论，这都是媒体记者需要的。

过往很多人刚走进我的书房，都不由自主地捂住鼻子，

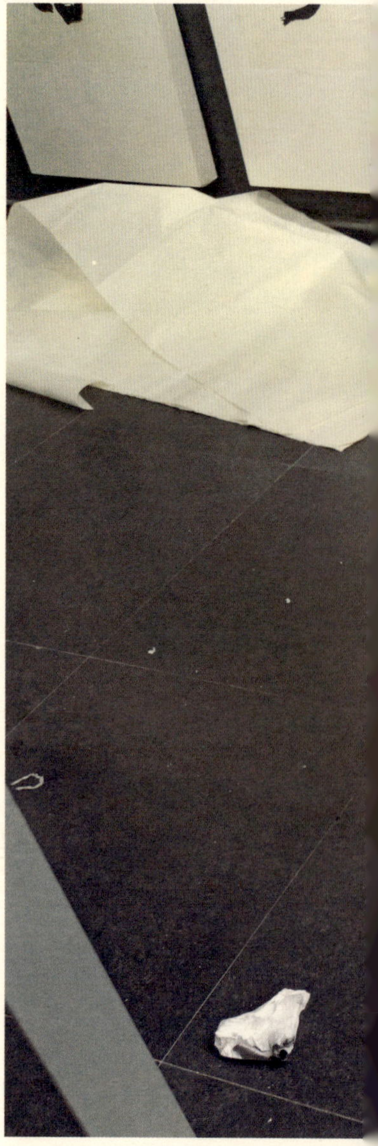

钟国康为『印回大唐·诗、书、画、篆刻现场创作展』调试笔墨。

"什么味道这么臭啊？""钟氏墨臭"，让当时不出名的钟国康真的出了"臭名"，全世界都在说钟国康墨臭无比时，也把钟国康记住了。

宿墨味大，虚伪的人就会说我墨香；一般孩童闻到我的臭墨时都讲真话，臭是臭，绝对不会违心地说成墨香，这就是个真儿童也；只有讨好我的大人或深思熟虑过的人，才会违心地说反话。所以西安人不肯讨好我，都行小孩般天真脾气……几天现场挥毫下来，还是有些人戴了口罩，说明西安人是真实的，一是一，二是二。

这就对了，西安人，无须讨好钟国康。

三是海风山骨之涨墨可以防伪。臭墨可以增加书写难度，这是一个无可非议的事实。

四是可以产生商机。或许将来真的可以开个制墨坊呢。

以上种种，你们应读懂了我为什么要坚持用自己特制的臭墨了。哈哈！是不是臭总比香更有故事呢？

墨者。墨言、墨语、墨色、墨臭、墨香，墨有生命！

奇臭之墨，能生奇丑之迹，能出奇趣之妙魂，于奇臭之墨，于拙丑之石，我根本没有资格说不字。

丑石，越看越丑，越丑越趣，越趣越丑。而世上奇丑奇趣之石难找，识奇丑有趣者亦难找。我之书法篆刻有如"拙丑"之石，识者说是有趣，不识者说我奇丑奇臭。

这个中滋味，我根本亦没法说不字。这味有奇趣之智，有奇趣之鬼气。

总之，我知其有智趣之墨，有鬼气，而一往情深也。

画竹就是写书法。

很多人说古人是不能超越的，我非常不认同这种说法。不断叠加创新的传统才是活的传统，一成不变的传统是死去的传统。

我以前临摹很厉害，基本上是学谁像谁，有人甚至拿我的作品冒充书法大师的作品去拍卖。但是长久如此便会丧失自己的风格，沦为普通的字匠、书匠，这会让我很痛苦。而且当时我做设计遇到了骗子，一头栽了进去，对我打击很大。我梦想成为艺术家，却因为金钱跌倒，看着家里生锈的刻刀，我开始反省自己。在家里待了几天后，觉得很舒服，就这么开始闭关，这一关就是12年。我从一个青年人变成了中年人，刻刀刻坏了无数把，毛笔写坏了无数枝，把书柜里2000多册帖子、图书翻成了破烂。在这12年里，我把书法家的字拆成每一个笔画来研究，然后将我揣摩透的笔画融入自己的想法，形成了自己的风格。2003年我『出关』了，带着自己的刀和笔。

石德堪师

■ 我一生刻石无数，为石农贡献无数，也藏石无数，爱石无数。我是石头的知音，相信石头也会认我为知音。石头的品性可以做我老师，也可以做我的金字招牌，我相信石头同样也能成为大家的老师。

石德堪师，是我一生对石头的总结。

石头千千万万年后轮转到我的手上，是天缘。石头是我收藏种类中最珍贵的一部分。我每天都在读着那无声的石头，石头也读着快慰的我。噫！石头呀！您不也开始收藏我了吗？我们应是均感幸运的！

我这辈子选择了书法和金石作为谋生的手段，我忠心耿耿地献身于此。然而我又欲突破生活之界限与极限，紧张并夸张地在有限的条件中唤醒无限的思想和情趣来。

我喜欢玩石头、刻石头，还有一个原因：它是融诗词歌赋、绘画雕塑、武术与技击等多种元素于一体的博大精深的艺术，让我生活的幻觉无限宽广，表现的手法异彩纷呈，真其痛快淋漓也。

我的笔是刀、刀是笔，笔要写出石味刀味，石要刻出笔味墨味，印面要有泼墨之屋漏痕，长锋柔毫要写出刀劈斧削的感觉，这都是我心仪已久的古韵。我在工作和生活中体会到书法篆刻之美后，就忘不了把石头德性“金石味”放大到我的每件作品之中。

然而，石头之面目长相，大多是粗奇丑怪的，是丑而雄，雄而秀，秀而朴，朴而大美，大美致粗丑极了；又丑而恶，恶而顽，顽而拙，拙而奇美，最后宁死而不言，终达其美极，此乃“瘦皱漏透”，鬼斧神工之“嘴脸”也。而我作为“最丑的那个人”，外观同样长得“困难”，这可能又是我爱石的原因吧。

这粗奇丑怪的石头，三日暴晒就变得惨白枯燥，一场春雨过后又变得湿润浑厚，甚至盖上了一层绿苔。但于石径中，滑跌你就不用商量。石头处于山中、溪岸、海滨……或陷或凸，随势而成，悠悠然地各安其位，坚守着一份宁静，美化着这个世界。

人情世态好多妙事，都可从默不作声的石头身上读出体会来，我太爱石头了。

杜工部诗“江流石不转”。细小沙石定被冲刷得不知去处，唯独中流砥柱之巨石才能千万年不转、不变。此是石之德性。因而我撰联：“江流不转，石德堪师。”款曰：“石德以坚定为最，取杜工部诗‘江流石不转’隐一字对余‘石德堪师’，便成天然妙对。”

古人取石之坚固，常常于其上勒刻铭文，记载丰功伟绩，怕己身一过，后世无人知晓，故借石传万世，这就是历史上所说的“勒石记功”。勒石记功，传颂美德，石必然是古人之首选。今时今日今人，石同样是坚固之物，勒石记功，必然还是首选。

勒石记功，大至半壁山河，小则一枚印章。篆刻，此小小石刻之艺事，就是我一生要坚守的以小习大、以微知著之磨练也。

富藏石，穷亦藏石。手把顽石，脚踏路石，肩扛怪石，围坐礅石，倚靠旁石，和云卧石……皆能安心静身。

石头即是大丑，但同时演绎着大美。爱石之人，爱着大丑大美之石。爱石之人，爱石胜过爱自己。

此，石德堪师也！

鬼神合吉凶

■ 在生活中，上厕所拭秽（擦屁股）是每个人都要经历的事儿，但是你听说过有人为书画作品擦屁股吗？这也很吸引眼球吧？下面且听我娓娓道来。

为了拉开跟古人书写的区别，我在墨里加浆糊、肉质植物汁、酸碱、铁锈等，你们听说过吗？但是，我在墨里加得最多的，还是为了稀释墨中胶的水。墨一经过减胶并加了大量的水后，水墨的活性立马加强，力透纸背的效果立马出来了。但一经过泼墨入纸，这薄薄的宣纸就如水塘满溢成洪荒了，不吸去大量的水分余墨，水墨就会变成墨猪。墨猪者，书法术语也，比喻字体笔画丰肥、臃肿而乏筋骨，因字如墨团，故得名也。唐代张彦远《法书要录》引东晋卫夫人《笔阵图》称：“多骨微肉者，谓之筋书；多肉微骨者，谓之墨猪。”书写粗笔画的字而不见筋骨，易犯此毛病，此乃病态也。但一经火候准确地处理，把多余的浓淡积墨与水精准地一吸、一拓、一按、一压或猛打，便形成大骨大肉，小骨微肉，甚至还会长出毛毛来呢，有皮有筋有血的效果也就出来了，诸如有生灵般，还会泛出生命力来。以上这一过程，是我每天的必修课，是我在书画创作过程中，抹去、擦去溢水余墨的一道必不可少的工序。正如人类每天都要如厕一样，擦净屁股之活儿罢了。

泼墨吸水，得用纸来吸。我的泼墨法与吸水纸的运用，在书写中全是经验之谈。吸墨可用宣纸、卫生纸、护舒宝、报纸，有卷筒的、抽纸的、一沓沓的……几十年过去了，我在实践中用惯、用熟了并认定最好用和最上手的还属卷筒卫生纸。

用宣纸吸墨，太破费、太贵了！宣纸有几元钱一张的，几十元钱一张的，还有几百元钱一张的，不必这么浪费。何况我在书写和绘画创作中，基本是一出手张张成功，没有什么画坏写糊的废宣纸可用，所以用废宣纸去吸我多余的墨是不可行的。

至于报纸，当用少量的墨书写或绘画时，还是可以应付的。当碰到那大量水泼墨、涨墨时，报纸就不胜任吸水的任务了。报纸吸水有点慢，还会很快吸饱或往外漫溢什么的，不太好用。

用护舒宝吸墨太奢侈了，偶尔用一下还是可以的……至于男人用护舒宝是别有话题的，还真有题外之题呢。拿来讲讲笑还是可以的，但不太实用，亦太折煞人了……

卫生纸是最经济实用的了，简直就是天生为吸水吸墨生产的“顺手货色”。左手拿着卷筒纸，根据画面大小，右手一拉，可长可短，平铺画面，直至全面覆盖多墨处。用手一按一压，三两下搞定。

我的墨是养出来的，好像养小狗那样养的。墨不仅要喝酒，还要用新旧墨让它结块，干透后再用水泡开。因此，每天要喂墨吃点东西。比如开笔写字画画时，根据新旧厚薄的纸，倒酒倒茶，添酸加醋和碱；书写印刷的大红纸，墨上不了纸，就加点碱，搅拌均匀后，一写就上纸了。

我的墨确实臭，臭倒不少人。一闻到这股味道，人们就马上知道是我来了。其实要我的墨不臭很容易，太阳一晒或煮一煮就不臭了。但是奇臭无比的墨汁，可以使人们加深对我的记忆，起到宣传的作用。一首诗如果背诵几天，基本上十年以后都还会记得；一首诗如果背诵一个多星期，估计一辈子都不会忘记。所以，要是你闻钟国康的臭墨两个月，那么你十年以后或永远都会记住我了。（图为『梦回大唐』四字作品中『梦』字特写）

到朋友处搞挥毫活动，临时调墨，可用一个巴掌大的直边圆口碗，用几支国画管装颜料（什么颜色都可以），洗些旧墨盘上的残墨（宿墨）一起放进墨碗里。如果没有残墨（宿墨），就烧些纸灰也可以，再倒入少许瓶装书画墨汁，然后用颜料和墨汁几倍的清水调和就可以用了。写一幅作品，一般我都要准备十来分钟，用半张残纸试试涨墨效果，一泼三翻笔，如有骨有肉有皮的效果出来，就可以了。做了一大堆合乎自己心情及情绪的『鬼怪』来，才能说：『我墨有鬼。』才能说：『我书法有如国画用墨之活灵活现，是书法也是国画。』（图为墨竹作品特写）

关于篆刻的铲边法

■ 说到个性、创新，都是因失败或创（闯）祸而来的。我30岁那年，等来了一件美事，就是有朋友上门找我刻印了。三下五除二基本刻好了，就等最后敲边收尾，这敲边法，古人“骚”也，我仿照学而用之。我一敲，便成全了两个字“闷骚”！好端端的田黄石真的缺了一个角，闷骚不？鸡飞蛋打那是肯定的了，赔了人家5位数。

“偷鸡不成蚀把米。”我没有图谋不轨，但是还是鸡飞蛋打了，学人“骚”风险大！“上当”了，只能打掉牙齿往肚里吞，真是哑巴吃黄连，有苦说不出，苦果自咽呗。闷骚不闷骚？！

当时谁家有一万元便是万元户了，这“赔了夫人又折兵”的，把我打回穷鬼行列里去了，闷骚不？！

穷则思变！才穷、财穷都可怕，但我更怕才穷。生活上财穷易赚，灵魂上穷才要命，眼高手低就是才穷。

我这么多年都很艺术地穷过来了，这是上帝对我最厚爱的一次“艺术”惩罚！让我再次清醒过来，迈出了刻印切边这一步。也就是说，上帝都不想让我继续才穷下去呢！

“行到水穷处，坐看云起时。”云飞云涌就在眼前，等风休即等死；古法莫作袈裟看，悟道才是正迷津，洗心革面才是讵悬解。我开始了篆刻的创新，阉割了古人的“骚性”敲边法，从此钟国康篆刻铲边法诞生了。

篆刻铲边法有多少好处呢？

其一，不会因敲而损了石头。

其二，因刀之锋利，可以准确留出长的、短的飞白血线和留红血点，慧刀出灵魂。

其三，除了印章周边与正文印面，最后来个整体统一收拾，更是从整体到局部，局部回到整体的循环精工手段之一。

其四，快刀冲刻长线条，回旋冲切短线条，是体会篆刻刀法和享受有如百米赛跑运动员冲线时的那种瞬间技巧、智慧、暴发、融合、光辉闪亮——全都在瞬间拼出的结果……是诠释刹那快感和享受另类快感的体验。

存我

贾平凹印

听雷

德可久身

照金书院

大音稀声

牛饮

博吾

磨篆刻石之我见

书上教人磨石或不同人的磨石平整方法各有不同

磨篆刻石能磨平整最重要，但根据磨石方法也能知晓其人是否大气或干脆利落。如打小圈子乱磨的人，是很随性的人；打小圈子磨小面小角的人，是可细心的人；打着小 8 字回磨的人，是一个一知半解的人；打着大 8 字回磨的人，也是一个一知半解的人，或者是个“假鬼”的人，因为打 8 字大圈很难平稳磨平印面，而且薄砂纸还会因用力过度而被打折起来，反而把不要磨的印边也磨坏或碰坏，出力不讨好。用力不平稳均匀、速度有快有慢的人，右手磨石左手不扶砂纸还放在裤袋里的人，都是儿戏之人。用平稳速度推着长线磨石的人，一是一，二是二，知其道理所在，就如跨很大舞步，大开大合，大气优雅，淋漓尽致，果敢坚定，干脆利落，是正确推行自己计划的人。

如何把篆刻石打磨平整

篆刻石印面平不平整，把它立起来，平放在玻璃台面上，轻轻摆下就知道了。凡新石，卖出前一般都打磨上蜡或油养着。尤其是福建的寿山石，都放很多油用小胶纸袋装着。篆刻时，用毛笔蘸墨写印稿或翻印稿上印石，

养心。

卧游。宗炳自谓老疾俱至，名山恐难遍睹，唯当澄怀观道，卧以游之。后因谓观赏山水画图及山水诗文以代游览，余置身书画篆刻之间，未尝不卧游也。国康。

自我作古。自我作古未必专依前典。《唐大诏令集·贞观五年封建功臣诏》。国康刻。

尾生抱柱，尾生与女子约定在桥下相会，女子未至，大水上涨，尾生抱桥柱而不离开，终被淹死。哀哉，其信如此。事见《庄子·盗跖》寄缶庐国康刻。

必须要先磨去印石印面之油面或印石面之石蜡层，方可上墨或写印稿。磨新石，把 50~1000 号砂纸平放于玻璃台上，把印面也平放于砂纸一端面上，保持印面平稳。右手单向前平推，左手执着或按着砂纸，平推时，长度越长越靠近砂纸边缘越好，然后继续保持平整、平稳回拉动作。新石原本都比较平整，一般一推一拉回即可上墨或直接写印稿了。如不太平整的印面，如四方印，先从一面推拉往返多次，然后石不离砂纸面，转下石的方向再次推拉往返多次即可。

刻坏的印石补救方法

要磨掉刻坏了的印石的旧刀痕时，因刀痕刻得比较深，如一方四方石，先由一个方向磨去，推拉往返约十次，然后石不离砂纸再转一个方向，再推拉往返十多次，四个方向用同样的力，推行同样的长度，用同样平稳的速度，就可磨去深刻的印面刀痕了。一般每个方向推磨十次左右，然后再反向回拉十次左右，每块四方石，加起来就有八十多次来回打磨了。根据石质的软硬，深浅痕迹，自行决定推拉次数即可。

我心飞翔。无路可走了，不如我心飞翔一次。己丑年。

学如不及犹恐失之。夫子斯言，至言也，见《论语·泰伯》康刻。

全白扯。别光看贼吃肉，不见贼挨打，有抱负是好事，但在抱负里，挣钱不是第一位，亮不好相，以后全白扯。网络句好也。康。

笔枪纸弹。借文字伐柯心中块垒如何。国康

篆刻刀的保养

■ 篆刻刀遇到沙丁或落入硬地板上必然崩口，崩了口的篆刻刀就必然要磨回刀口，否则刀入石自然就有问题了。

磨刀分两种：一种是回厂由机床研磨；一种是自己磨。

自己磨也分两种：一种是专门磨刀金钢沙盘，用水或油，使刀口整体平面紧沾磨刀金钢沙盘表面，先磨一面，平稳上下推拉数十下甚至数百下，反过来另一面，重复以上动作。双手能把持整面刀口坚持此中紧沾沙盘，平稳细磨，刀角成九十度角必出，直至刀口一线直，斜眼看则一线白光，这样才是锋利的刀了。另一种是用老土旧法磨，先用粗红石水磨，刀口整体平面紧沾红石，双手能把持整面刀口平沾，坚持到此中，平稳细磨，觉得锋利了，再转用青幼细石磨。这叫油石（因石质细而得名）磨，用水磨到见刀口出一白光为止，也叫油石收口磨。最后用些花生油或机油、婴儿护肤油来涂抹刀口，让它见水、见汗、见空气不易生锈。

钟国康刻印手部特写。

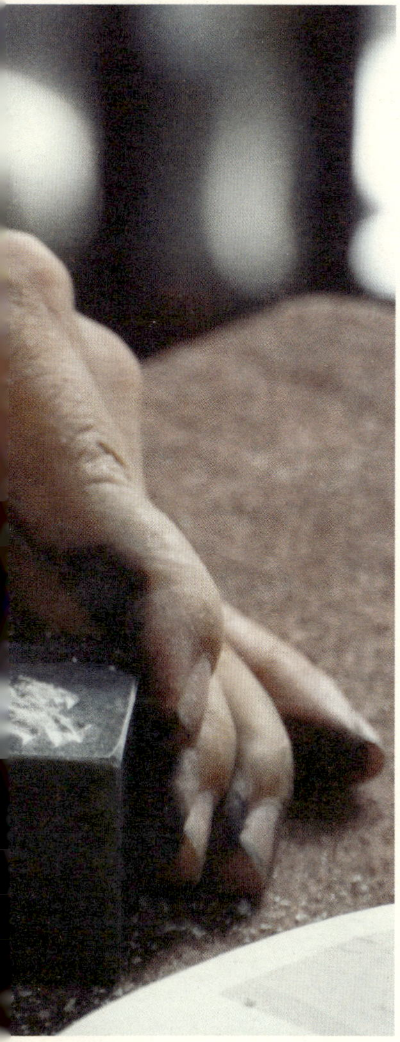

毛笔用过后必须这样处理才好

■ 文人视笔如命，有两种解释。一是小心用，细心洗，再专门放好。二是把毛笔的特点用尽，乃至不怕笔痛，用心用力到位，越是使用越是爱。所以选什么类型的毛笔，到什么地方都要追问有这样类似的毛笔吗。可谓“不到黄河心不死”，非搞回一两支不可。

我的爱笔观是“惜笔如惜大才子”，用好它才会成长，发挥其极致功能为第一，好用才爱死它。我某支心爱的毛笔坏了，我会怀念它一辈子的……我从来不过分洗我心爱的笔，只在“笔洗”里轻轻来回泡它三五下，就放在一堆废纸里，让它“睡”到下次再用时，它绝对是干净无比的了，肯定是身段柔软娇俏的好笔。

因为溺爱而过分洗笔者，以为是爱了，实际上不是爱而是错爱。

每次用笔，我都当作是一次砂纸打磨，笔的寿命肯定是无法延长的了，只能折寿，使用它就会使它寿命缩短。毛笔越短命，或你使坏了越多毛笔，肯定进步越快。笔杆子是你登上顶峰的梯子，墨水是你的养分，宣纸是你垫底的土、耕耘的牛和任你驰骋的广阔天地……

网友：“如果说，当今书法篆刻创作者最能刀、笔、墨互用，并且也最具张力和涨墨情趣的，他名字一定就叫钟国康。”在这里，我得谢谢网友们的鼓励并为之鼓掌叫好。 ▶

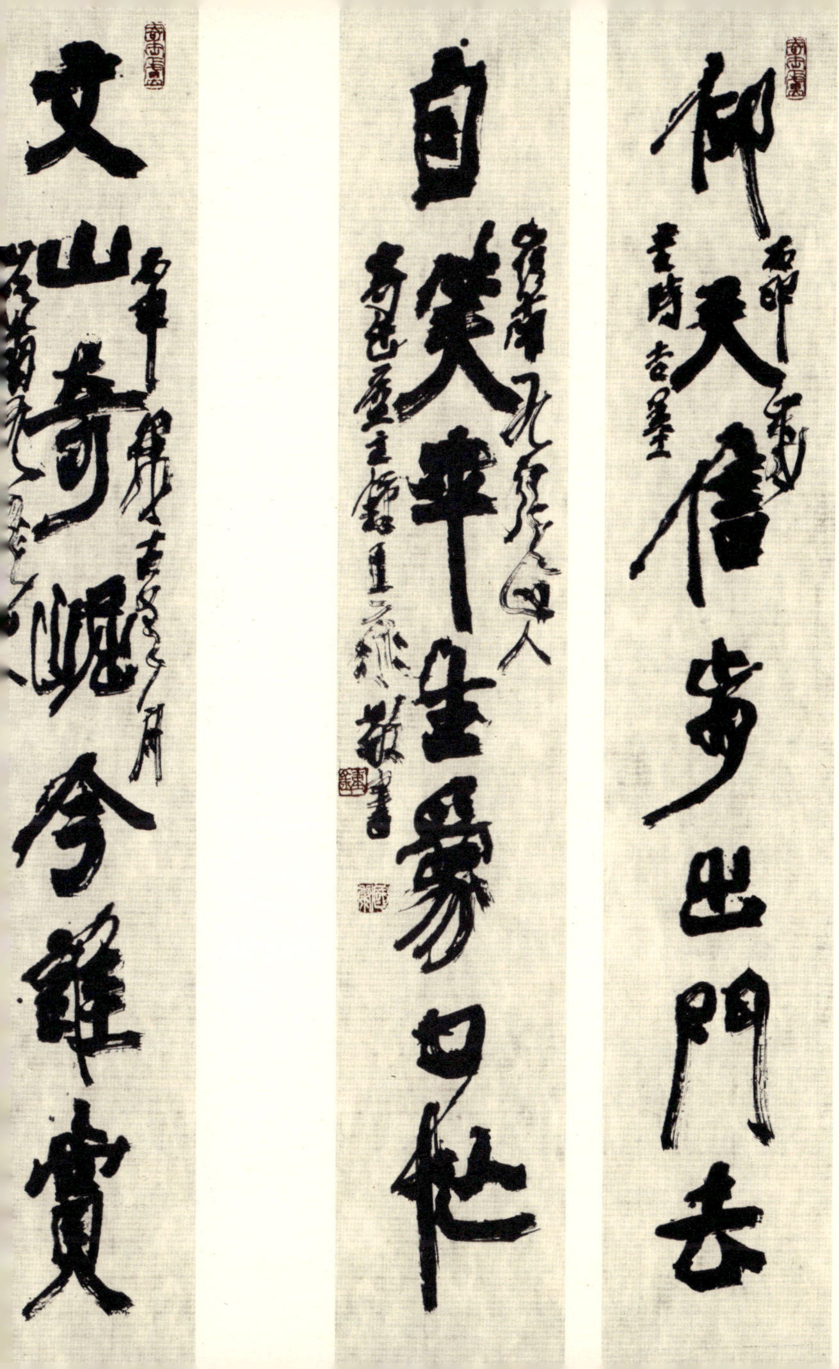

仰天信步出门去，自笑平生为口忙

■ 眼前八尺三开三联六屏的行草书内容（见图）：

仰天信步出门去，自笑平生为口忙。

文山奇拙今谁赏，道骨风流着意夸。

石入诗心真隽语，人惊侠骨气如虹。

以上书法是钟氏“60后”的一个新尝试。如果你不是亲眼看到，你永远都悟不到我是用长锋柔毫饱墨硬写出来的书法。从效果上悟，你肯定还会说这不就是明朝广东的陈白沙茅龙笔写的。是的，长锋柔毫饱墨硬写，写出茅龙笔的效果，这确实是我的一个新尝试。有时我笔不着纸，泼墨之屋漏痕已成，我还施以快慢干湿，时而横空飞白，时而干塘湿塘，时而苦涩，时而畅顺，时而半死不活。总之，一对对矛盾体“飞”出，就有一对对协调机制生成。初来一笔大胆新奇之想，然后跟上其意其笔其墨，跟着跟着太协调了，就来个破旧立新，因破而不协调了，就得“救死扶伤”，这样重重复复，便产生了一轮又一轮的矛盾。但是全在整体、局部、局部、整体地循环下去，其效果必奇，其品相必新。

新奇同在，浓淡干湿涨墨同在，协调与不协调同在。闷了就破，破了就救就立。展览最终就是展示我的全副心腹骸骨，清流与洪荒泥石共存。不破不立，循环周始。辣手折腾，狠心毒口似豺狼，才会收获新意满满。

猴性从来灵气足，蚕丝自绕老龙眠。苦心结茧心不苦，破茧冲天醒复燃。

这就是我追求笔墨的根本手法。

■ 书画装裱如同穿衣，如同美女化妆。穿宽松的衣服潇洒有如仙风道骨，穿紧身牛仔服有青春活力四射之感。因书画装裱不慎，名画沦落为“行画”，因用卡纸、泡沫来装裱名家书法、国画，艺术品便沦落为“工艺品”。此现象屡屡发生，名画减分不少，其错就在精工装裱、装框把人的注意力给抢了，把人们欣赏书画的视线都转移到看画框、装裱以及装裱材料去了，真可谓“妹子大过主人婆”也。

绫、缎、绢是装裱中国画的主材料，各有特点。

绫是斜纹质地上起斜花纹的中国传统丝织物，分有色的和无色的两大类。光滑柔软轻薄，精工细作的感觉活现，各式各样花饰纹都有。我过去常用的是梅花白质绫为多。用它装素色淡雅的书画，小心喧宾夺主。

缎是一种较厚的正面平滑有光泽的丝织品，经、纬浮线立体，错落有致地布满表面，细分的话也叫经缎、纬缎。花色比绫更为丰富，华丽富贵，曾经是专做旗袍、被面、棉袄等的材料。用它装素色淡雅的书画，同样小心喧宾夺主。

绢比绫、缎都素色。“肙”意为“细小的”“小巧的”，“糸”与“肙”联合起来表示“小巧的丝织物”，本义指小巧的丝织物。因为很不起眼，所以古人曰：“治丝麻，捆布绢，以为民衣。”所以用它来装裱字画，真的很素，素到你一不留心以为是白宣纸呢。但你一用心去品，它不华不丽、有极素雅之气质，绢永远都不会喧宾夺主去争抢“画心”。

综上所述，颜色妖艳的重彩字画可用缎来装裱。重工的界画、工笔画等可用绫来装裱。少色的写意山水、花鸟或大写意以墨色为主的国画，或静色的书法，均可用白绢来装裱。以上是我个人的偏好，仅供参考。

用绫、缎、绢之外的重麻、工艺白板，厚而立体的方式方法去装裱用宣纸书写出来的中国书画，因其工艺过度立体，抢眼过分；又因为材质偏纸属太远，故其质地不在同一范畴里，纯属装饰过度。素雅的文人字画一经重型装裱，自然就会被喧宾夺主，搞得面目全非，艺术品沦落为工艺品。

装裱字画最怕一知半解的大理论。比如销售化妆品的人说三分容颜，七分装扮；装修房子的人说三分面，七分底；裱画装框的人说三分画，七分裱，都有过度吹捧装裱之嫌！

当下很多人不太讲究书画的样式及风格，任由装裱者糟蹋其心爱的字画，而不知其所以然。因为书画装裱工坊的开设没有门槛，更没有技术部门的认证和管理，大都是以低劣的手法在操纵市场。更有甚者，直接送去快速背胶装裱机装裱，使字画将来很难翻新重裱。目前，背胶胶贴纸层材料寿命很短，三五年就开始脱层了；如果是手卷挂轴，则一两年就会出问题。一幅名人字画怎么就弄成这么“短命”了呢？！

我最讨厌给我的书画裱上黑色的“画心小黑线”，因为报纸上一有人去世，这人肯定是小黑线框着名字的。我作品上的上款君都未死，你们就硬用报纸版式给我“发布了死亡信息”，真是让人哭笑不得啊。我真的怕那条“画心小黑线”。

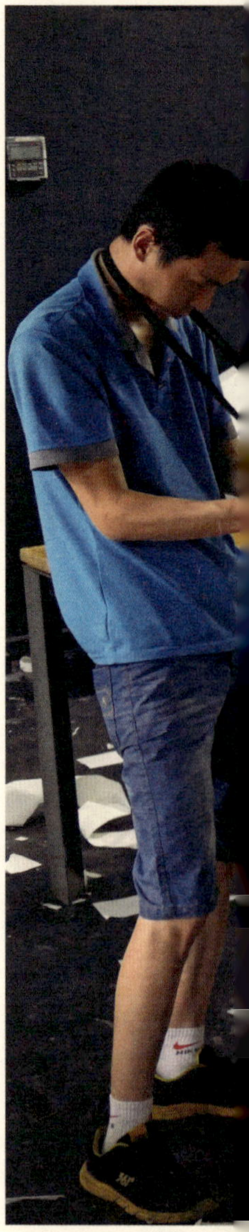

我还怕书画上不得体的小裱边，如一幅四尺整的横幅镜片作品，只给上下各裱 5~7 厘米，左右各 10~15 厘米的绫边。只想把贵镜框骗你用了，一到裱画时，生怕裱大画边要配更大的画框，画框一大价就贵，又不好收钱，所以没有一句真话，没有用实际行动从美学角度出发提升作品整体感觉的。我真的怕人家老是损我。所以我每每裱画都写上用什么材料，上下、左右各多少，框是“墙白框”的仿古银框等信息，最后签名、注明日期。

◀ 我为某集团题了“放肆青春”四个字，对我而言，放肆意味着什么？18 岁做不成 80 岁的事情，所以青春要趁早，行乐要趁早。但是一个人行乐的前提是有储备、有积累，这样才能放肆。保持放肆的精力很简单，做自己想做的事情就够了。我每天在书法中获取滋养而不是消耗，有了滋养和积累，才有去放肆、较劲的可能。我接下来想做的就是创造出文化的“飞机”。做文化事业就像开飞机，把产品的文化意义提升得够高，它才能“飞起来”。比如我做的凹公酒（凹公是我对贾平凹的称呼，就像古人拜石为兄，凹进去的石头就是砚台，那我是拜墨砚为公，这“墨砚”“莫言”“凹公”也进来了），把凹公酒定义为文化人的专用酒，最具文化底蕴的酒，赋予它文化的意义。跟文化捆绑后，产品就自带传播话题。我能起名字、写文章，也会包装，可以把一个产品从头到尾设计出来。这样就能够让我的产品表达出我想要表达的意思，让更多人接触到我的艺术，让我的作品流动起来，奔走在街头巷尾中。（图为钟国康为“印回大唐·钟国康诗、书、画、篆刻现场创作展”做准备工作）

书法内容能“量身定做”才是书法家必备的文化素养

■ “千山鸟飞绝，万径人踪灭。”“白日依山尽，黄河入海流。”“宁静致远”“天道酬勤”“物华天宝”“马到成功”，还有“龙马精神”。这些虽然是好诗好句，但却铺天盖地，又是“雅道都成了肥猪肉”了。

为什么这样说呢？“千山鸟飞绝，万径人踪灭。孤舟蓑笠翁，独钓寒江雪。”此诗句如我闲散者挂一挂，是没有什么问题的，好诗也！但让发展中的企业挂就不那么吉祥了，好诗立马变成了咒语：千山鸟都飞不过，万径人影都没有，又怎做兴旺发达之生意呢？

什么叫“龙马精神”？每逢“龙年”大都喜欢书写“龙马精神”悬挂家中，但我希望大家倒置一下为“精神龙马”更为贴切些。为什么？因为“龙马精神”之“龙马”，乃晋武帝司马炎雄赳赳气昂昂之善饰车队是也。《两晋演义》中记载：“武帝亦乐不忘疲，今朝到东，明朝到西，好似花间蝴蝶，任意徘徊。只是粉黛万余，惟望一宠，就使龙马精神，也不能处处顾及，有几个侥幸承恩，大多数向隅叹泣，于是狡黠的宫女，想出一法，各用竹叶插户，盐汁洒地，引逗羊车。”“龙马”再“精神”也只“龙帝”车水马龙里的“轿夫”是也。

正因为当今什么字都挂了，所以不想用脑的书法家“躺着也中枪”，中了丑康热心维护中国传统之枪。以上种种，我相信等你们了解我以后，你们一定会为我鼓掌。

如果文化不能愉悦自己、他人和后代，就不可能传下去。所以字印诗书画的气势、气质的合一，才是艺术的一种完整状态，才是全方位的人文文化。于后者，每一次创作都力图不重复自己，不同的创作对象带来不同的情感体验，每一次的创作都给人带来不同的满足，因此才会看不惯书法家老是照抄前人句子、题词，甚至还不注明出处。作品需要与收藏者发生关系，才会生发出额外的价值。

举个例子：我曾经给一位马姓朋友题字，我不用常见的“龙马精神”，而是选了“识途人”三字，引自“老马识途”这个典故，又和他某些特质吻合——他喜欢自驾游。将来他的家庭、后代或单位可以一直收藏下去，拿出来看的时候不光评价字写得怎样，还有这个书法家当时是为什么给我们家题了这么个词，有这样一个故事。它与这个人发生关系了，这题词的富贵精神就有了，这也是我常说的量身定做，这就是一个书法家必备的文化素养。

又，我为南华寺写的对联：南华经史，传正宗风明自性；寺貌吉光，曹溪法乳溉群黎。我为西泠印社写的对联：印刻万千方，多乎哉不多也；心登九如界，岱若丸石敢当。

这次西安“印回大唐·钟国康诗、书、画、篆刻现场创作展”，我就是这样给自己“富贵”了一把。

不作他人

款文：存我最真。寄缶庐主人钟国康。

印鉴：寄缶庐、钟、国康。

恐非才气

款文：才气未大，身子以弱。钟国康。印鉴：寄缶庐、钟、国康。

孤亦风雅

款文：笔墨有病，孤亦风雅。钟国康。印鉴：寄缶庐、钟、国康。

存我最真

款文：我就是我，存我最真。寄缶庐主人钟国康。印鉴：寄缶庐、钟、国康。

学篆刻可以一边刻一边查字典，不丢人

■ 用心弄刀笔，刀笔皆朋友；用心弄书法篆刻，书法篆刻皆跟你姓；用心弄文字，文字皆风趣幽默有自我……学篆刻可以一边刻一边查字典，不丢人。记忆比不上翻字典，字典结字多样化，张三李四各有法，哪字合乎整体协调需要就选哪字，这才是你要的结果，这才是查阅字典的目的。

汉印亦叫大白文汉印，它的结构近于现代黑体美术字，多呈方形。学汉印就是学汉印印面布白手段，学汉印简略整齐且痛快、热烈饱满又圆方有道。学汉印最易犯的错误就是死板，线条两边、上下一样直且没有弹性，转弯角度全都90度。汉印横平竖直，转弯不留刀痕，大忌也。汉印需要深刻，如“口”字，左边起方角，右边则圆刻才能灵活灵然。汉印铜、铁、玉质为多，故其解决办法就是转弯如毛笔书写才对，转折刀如笔有飞白才精神，左角方了，右边就圆，右角方了，左边就圆……小小变化天地在，大汉精神永不灭。

吴昌硕篆书特点就是书写味浓易学，易入门，易入印，使用时易整合书画，能医俗。故学吴昌硕者都出大名，如齐白石、沙孟海、陆维钊、王个簃、朱屺瞻等。吴昌硕篆书，上重下轻，左低右高，时而又左高右低，圆方结合，其书法墨味入印，其印石刀味入书法及绘画，能诗能文，焦墨如炭，浓墨有层次，活泼俏皮，笔墨刀线条效果入纸入石入心。

『一世人要做三世事』，是我自己的想法。千载一会，虽然没有发出光亮去照亮他人，但自照足矣。放着我来，墨自制，笔自制，刀自制，与石为友，写我自己的字，人说艺术如何如何，我说放着我来才是真我也。右图『寄缶庐』印。

深圳大学章校长唱我九流变一流

■ 章必功校长说："钟国康先生应该说是几次跨界，他就给我们做了一个体验，事在人为，要自己干。我跟深大的学生公开这样讲，一流人才自己干，二流人才给国家干，三流人才给别人干，四流人才找不到活干，高级五流人才，超高人才，什么都不要干。深大的出名学生都是一流的，马化腾是单干的，深大有大把的钱出自马化腾的捐助。标准是两个，马化腾需要成绩，第二他不喜欢讲话。所以人才必有他的特殊性，必须有他怪异的一面，像我们钟国康先生。他自己干，独立，这就为解决文化人发展不平衡，提供了一个路径。在这个新时代，我们必须注意，要想打破这个不平衡，解决这个发展不充分，一靠政府，二靠自己，且靠自己独立地去做……"

知我者，"渐行渐近"；不知我者，"渐行渐远"。社会尊重的是个人，甚至可以是技艺，特别是个人技艺突出的人。

好话说了半天，还得多谢章校长给咱戴上的"高帽"……

当然，"各种版本的下九流中，确实大多都有戏子。这当中的戏子，基本是类似于中国古代的工匠。其地位系乐师之类沿袭而来"。所以，我钟国康也很会"扮鬼扮马"，以游民身份，于天地人之间游弋，于天地人之间游艺，也颇有古风。

要饭并不在下九流——将门底子佛门后，圣人门口把你求。念过诗书开过讲，懂得三纲并五常。念过书识过字儿，懂得仁义礼智信。

我老傻就算了，算来算去还是个艺术家要得了饭，别看要饭耷拉头，要饭并不在"下九流"……因此，我便成章必功所说："你自己没有努力去干，所以我对新时代的理解，新时代更要靠自己，而不要靠天靠地，靠天靠地是靠不住的，向钟国康学习，九流变到一流。"

感谢章必功校长！真唱成了——"九流变到一流"了吗？我有自知之明也。

市场买卖与作品高度无关

■　在学习书法的传统时，有些人叫着很响的要学习传统的口号，公开地说要“学到老用到老”的话，并去到哪里都厚着脸皮喊着“基础要扎实”，可真正一读他的作品，空空洞洞，什么都没有，没有帖学基础，没有大家的影子，何谈得上真正意义的基础呢？存我，应是临谁像谁，更要像写古诗的才子一样，用古诗格律去写。但是他们的思路和神韵从来不被这些格律约束，出口便是这里合格律，那里合法度，还跟随时代以及新进思想，比起那些喊着“学习传统”和只挂在嘴上“基础要扎实”的更具实在意义。奇了，可这些人一般都是某些协会里的头儿，掌管着艺术界的“生杀大权”，还这里不满，那里不满的，他们的作品也只是些“退休干部体”，诗句也同样是些僵化无味“老干体”。他们所处位置与作品高度、质量、品相以及厚度无关，与市场形成的职务挂扣价格有关。

“有市场就有买卖。”

但是我认为“只有文化才能传承”。中国文化究竟是什么，中国国粹究竟是什么？中国国粹就是，中华民族万岁！就是，中华文化万岁！

所以“印回大唐·钟国康诗、书、画、篆刻现场创作展”期间，我们没有做市场，只做纯艺术作品展览。

我的篆刻有如天上之陨石，崩崩裂裂，今又零零碎碎示人。今日阴天后的心情不好，但见印泥的红后自然又变好了，谢谢你们的称赞，谢谢你们的行动！（图为钟国康与贾平凹一起交流篆刻与印泥使用心得。）

我把篆书当楷书基础来写，且写了一辈子，扎实了一辈子，今天终于想变了

■ 秦篆，又称“小篆”，曾经被秦始皇用作统一中国的文字。后因过于复杂繁琐和抄写困难，最终被淘汰。这就是人们所说的适者生存，物竞天择，是自然发展的结果。

写篆书在于写，而不在抄与画，抄画篆书是铁线篆和小篆以及过往篆书字帖的大通病，能解决此病之人，仅有老缶昌硕一人。如果老缶早些出现，秦始皇用作统一中国的文字就不至于如此灰溜溜退场了。

中国传统书法，千百年以来谁都想有丁点自我的面貌，可谁又能做到呢？

所谓站在巨人肩膀上的书画艺术家，就是想追加新的又拥抱旧的，但又不愿声张说有谁谁的影子。其实创新有丁点自我就足矣，有三五人优点又怎样呢？有我之笔是刀，刀是笔，碑帖混合，金石书法画混合，涨墨飞白，干湿轻重，快慢苦涩，时生时熟，奇正相生，墨浸五色，不是很多人恨之不得吗？此吾之面目也，此吾之唯一性之追求也。

我刀是笔，笔即是刀，处处心想事成，处处自我出新，我做到了自我想要的东西，泼墨下去，云舒云展；一半云身，一半云雨；一半水封，一半云埋；一半烟遮，一半霞染；魂魄灵异，山骨精神……

存我要有唯一性，才是艺术天地里的最终存我有我，才是人生最终的自己。我深信创意其因在于出新，出新必结其果……这次在西安，我刚迈出步子，创意枝头的花蕾就好似舞了起来……哈哈！信自己，努力会有回报的。

所以“印回大唐·钟国康诗、书、画、篆刻现场创作展”，就是我迈出大步伐的尝试。我篆书当楷要，当基础要，就是我心存已久的恋旧计划与喜旧不厌新的推进，才使得这个诗、书、画、篆刻现场创作最终得以完美实施。

我隶书、行书、草书、草篆、绘画、钟氏篆刻以及墨当自我要，很想要出个自我之唯一性来，所以就有了我60岁生日之西安展，就有了我屋漏痕之大胆尝试和策展人木南所说的“衰年变法”。最后还是喜旧不厌新，喜谁不愿声张是谁，但确实又不像谁，影子老是在想入非非，精神老是神气出，这不就是多了点自我的缘故吗？

又，篆书被老缶耍到了极致。所以我这次只把篆书当扎实的基础来玩玩罢了，篆书之外的东西才是我想要的。

你若有种莫讨厌　助我展翅奋飞起

■　安静的人，是最会扬长避短的人，因为他有很多短处，只有安静才能护着他的短处，所以能够扬长避短也是一种令人赞叹的美德……

我是长处多过短处的人，我的短处多在生活上，是被老婆惯坏的。

我直来直往的行为，在某些人的眼里可能是一种毛病，但对具有深厚文化底蕴的人来说，直来直往之性格可能还是一种交往动力，何来毛病与短处之说呢？

这“悳”字，是篆书里的“德”字，上面一个“直”字，下面一个“心”字。所以古人心中的德就是“直心”，是直来直往之心，是诚心诚意，无须转弯抹角，此乃德之真也。因此我们常说的美德，与认真做人做事和无须转弯抹角的诚心诚意有关。

我虽然长得“困难”一点，可我的工作态度从来都是严肃认真的。我每每工作时，就像上了高速公路的车辆，直视前方，顾及左右后方，半点疏忽不得，直冲终点，下了高速，那根弦才会放松，一口冷气长舒出来，如释重负，这种感觉只有司机才能切身体会。我工作之余，常常放些搞笑照片出来，其实也是一种自我调节，自我释然，观者无须上纲上线。还有一些关心我的长者说：“如果你管好那张嘴，少些多动症，你便是我们心目中的大师了。或者原本水平不高，但地位很高的人，他们就会与你合作，共同开辟江山了。”我说：“我只想做好我自己，从来没想过做大师，更不愿做什么山大王。我只想通过自娱自乐的方式去骗取自己努力工作。我的工作我不做，难道它会自然而然地完成吗？我动员全身的细胞做了一次公投，要让我改过自新那是不可能的。独恋空虚为生白，清澈明朗天地宽。你若有种莫讨厌，助我展翅奋飞起。”

贾平凹传世之作

刻《废都》“贾平凹传世之作”印小记

■ 自从贾公平凹先生宣布全用我刻的印章以来，贾公确实做了我的全职宣传员。2017 年 10 月 8 日，我接到作家出版社的任务：“国康您好，前几日我去西安见了平凹，我为他的《废都》做了一套三本宣纸线装竖排版，很值得收藏，想为这套书加上一枚手盖印章。他对您的治印大赞有加，我个人冒昧向您提出，不知可否愿意为我们锦上添花，刻‘废都’‘贾平凹传世之作’二枚印章，或一枚古都西安形象闲章，钤在书首页，用后这枚章可转平凹个人收藏。可否随您酌情办，打扰了。作家出版社宝生。”

这当然是好事了，我能推辞吗？当日早上 6 点我开刻了，用绿冻石，一石两面刻。砂纸打磨去石蜡，上黑后不起稿直接刻，先单刀布满，然后双刀调整布白，铲边，共用了十二分钟完成（见图）。是的，看起来就是这么快，但我的心力是四五十年来积下的，印文内存汉印大白文效果，有吴昌硕毛笔味以及涨墨味道，有齐白石那种天真随性味，有黄牧甫大小对比强烈的灵动性，最后我全方位加强，直至姓钟为止。

在中国，尤其是在文人堆里，像以上这样一说到出版社什么的“找到你来”，就是中大奖了。我一鼓作气，三下五除二地完成了这两方印章。

在这种情况下，速度是诚心，也是耦合行刀刻石自然之法了。我一喜，一乐意，神气就来；我一推说或不够干脆，虽接了这活，但怨气也就到。神气来，怨气走，这叫神出鬼没，气韵生动也，形神兼备也。况夺得秋光清澈，刀下成而鬼魅愁；胸襟浩荡而乾坤阔，壮心被人识。我吐尽平生奇计，孰轻孰重，心明眼不走神，犬马有形易表达，鬼魅无形，入我神魂者，化为自身精神足矣。

篆刻里的飞白留点是眼睛，是目，是以目传神，是点睛手段。故我移快刀成其形，而尚有我骨气在。形之外，我力求笔味、墨味、刀味、石味、图案味、仿古旧风化味、独有我味，以上种种，难与俗人道也。今我气韵尤其生鬼，则形神互动其间矣。

废都

在西安一个不画画的钟国康也够胆画画了

笔墨胜刀刻，柔锋吞吐成。

变通施手段，生性我痴情。

在“印回大唐·钟国康诗、书、画、篆刻现场创作展”的现场，只因为展标上多了一个“画”字，我就得想着法子去完成“画”。画什么呢？一开始，我一头雾水，满脑子浆糊又灌了水，因为我真的很少画画。别人画画技法好，我就来个以书法内容为主的所谓简笔画好了，写我心声，书我情怀吧。

我简单数枝片叶，“介、个、人”字便成了竹。落款：“竹林浓茂日俱斜，墨法淋漓芽藏遮。浑似灵犀枝正发，介个人字叶成花。岭南九龙山人，寄缶庐主，钟国康写意。”

这幅既没有林，又没有日，更没有芽可藏遮的画，寥寥数笔就应付了事。

更有甚者，数笔浓淡墨后，就往上题了二分之一的书法。题款为：

胸中有墨，即丘壑胸次也，今挥毫成画，非纯出胸臆，亦非纯由法度，有不尽之意，无重出之作，自具气象，而出乎意表，妙手偶得，超出自然，于宋元家法之外，为四王样式所无，而别饶古意，面目在新知旧识之间，笔墨在有意无意之顷。此予久企之境也。丙申夏日图成，并志所感如左，有守古之士开新之徒，是之非之，余所弗计也。钟国康泼墨于西安。

又题画曰：凭君日日报平安，尽赐江湖境界宽。我醉悠然供我醉，心欢自是即心欢。

观者曰：一个不画画的钟国康也够胆画画了，这个钟国康究竟是书法家，还是画家、篆刻家、诗人。

总之，我看什么都不是。但是观者说，从展览作品来看什么都是……如此种种，真是烟幕弹呀。

无弦有得弹，守道化玄机。种性平生苦，抱琴抚我孤。书画，心态也。

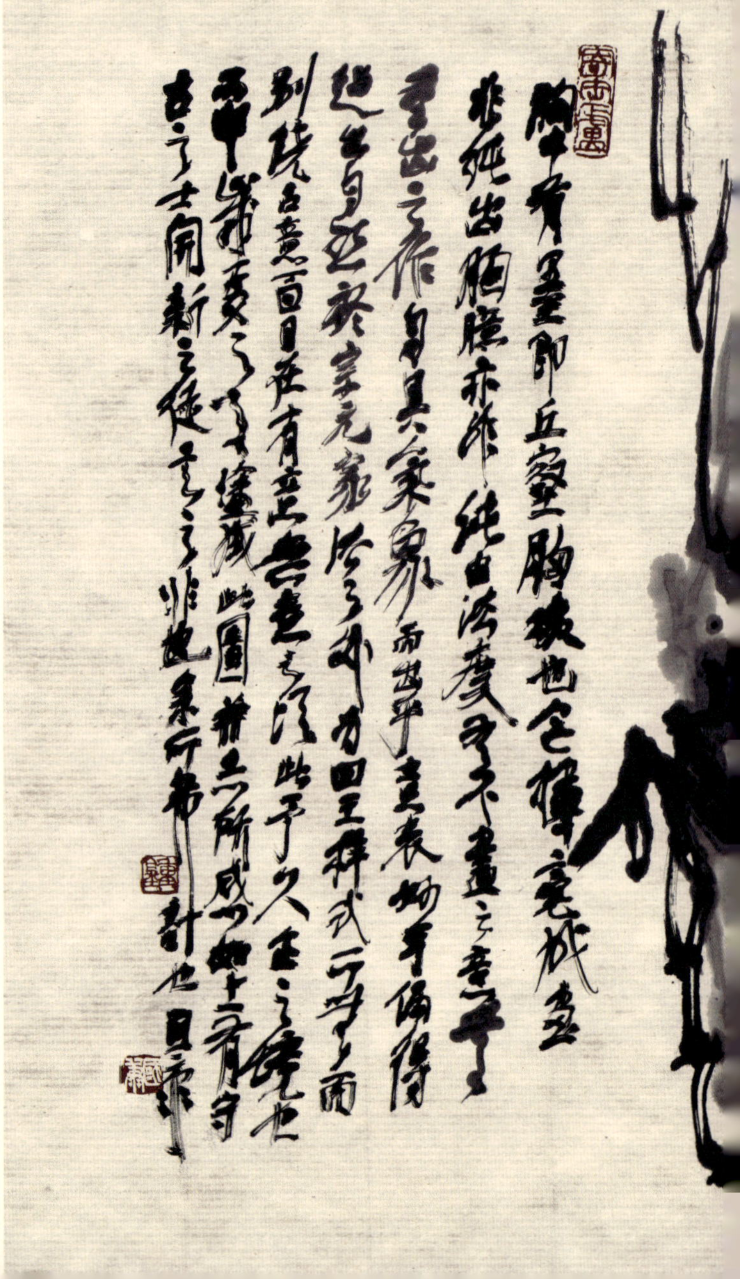

胸中有墨，即丘壑胸次也，今挥毫成画，非纯出胸臆，亦非纯由法度，有不尽之意，无重出之作，自具气象，而出乎意表，妙手偶得，超出自然，于宋元家法之外，为四王样式所为，而别饶古意，面目在新知旧识之间，笔墨在有意无意之顷。此予久企之境也。丙戌立春日图成，并志所感如右，有守古之士开新之徒是之非之也，余所弗计也。钟国康。

印鉴：寄缶庐、钟、国康。

人说我的投资是竹子黏蝉

前段时间，我到广州小洲村去了一趟。闲聊时，人说我的投资是竹子黏蝉，在一杆不起眼的竹枝上加了点胶水，高举着向目标黏去，就把贾平凹、王蒙、金庸等一大批人给黏住了。我近期出版的《当代中国文人印谱》里的一百多号人就是证据。刻印、出书、版税、人情、出名，这一石五鸟的行为，真我伟哉。（图为钟国康老朋友『鸟人鸽』先生）

机会任井喷　天高任鸟飞

■　赶飞机去西安，老友周良在候机室感慨说世界一日变化万里，让我在候机期间写点什么，我说可以试试笔头。

世界正在翻天覆地的变化，越来越多人扬鞭追赶并震惊着！过去最昂贵的东西是地段，现在是流量，是粉丝，将来是什么？我心知肚明，应该是人人最想要的长生不死。

但是目前，老板再也雇不到厉害人打工，除非跟他合伙；人类能量的个性化不断被释放，兴趣正在成为谋生的手段，自由职业正在大量涌现；好爸爸、好妈妈、好亲戚，不如有点子、有想法、有思路，创新才是出路，过去的百强企业、百年企业，将会自我淘汰或被迫淘汰；企业寿命超过十年就是老企业了，就是新一轮的井底之蛙了；未来二三年就可成就一批批“井上鸟”，天高任鸟飞，机会任井喷，华丽转身，惊艳世人眼球。但是无论怎么变化，你的“诚信”加“能力”再加弯道超车之“创新”，都是冲向前沿阵地的筹码；在新一轮的平台交锋中，见英雄论生死，在新一轮的融资中取胜或被击毙。

集极品人之智慧，成就地球村之辉煌；一流企业在做标准，这句话不再成立；以前的事业越做越宽是不可能的事情了，今后的事业，越做越精、越深、越奇、越不可思议就是思议；大公司正在裂变成小平台，小公司正在聚变成大平台，公司的力量将减弱或者面临消失，服务和平台将更加庄严地迎接过渡期的未知挑战。中国政府这轮变革带来的机会

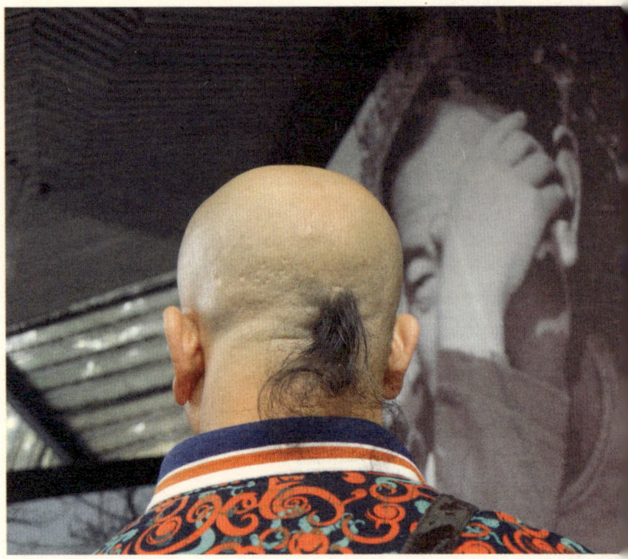

远比上一轮改革开放得多，融资渠道越来越多，人们获得的回报正在跟工作能力以及创造的价值成正比。愿意相信数据，而变得更像机器，这是大势所趋，但人类去感情化正在加速的同时，也正加紧机器情感化的探索。各尽其才、各取所需、和而不同、方为大同的事物之间不再是因果关系，而是必然关系。中国在走一条前无古人的路，凡在书本和论坛上找来的理念，都不是永恒的道理，而是茶话与个性的释放，曾经的谋生故事罢了。人人最想要的、不死的长寿基因将是世人之福音，不是不可能，等着瞧！等着瞧！

学习古人的东西，似谁都不是最重要，融入各家，自我创新才是最终的话题。

在西安，一个不画画的钟国康也够胆画画了，这全赖钟国康有颗孩童的心，有种不怕别人抓辫子的勇敢。我认为自己的展览得罪不了别人，有缺点也是自己的，有把柄也是自己的，『辫子』终归也是自己的。先自己学着抓抓自己的辫子，找到自己的缺点和把柄未尝不好，有经历过，才能『淡定』！反过来也可更好地理解抓住别人的要害、弱点或隐私过错迫人就范的痛苦与自己痛苦有多大区别。人还没有门槛高，抓住别人辫子还是蛮顺手的，所以顺手了，就有经常被人抓辫子的可能。但人要誓死捍卫自己的感觉和勇敢才是，这也是一种胸怀，更是一种自信。（图为两个不谋而合的，没有尾巴却向往猴子留着尾巴，总在展览中上蹿下跳的一老一少）

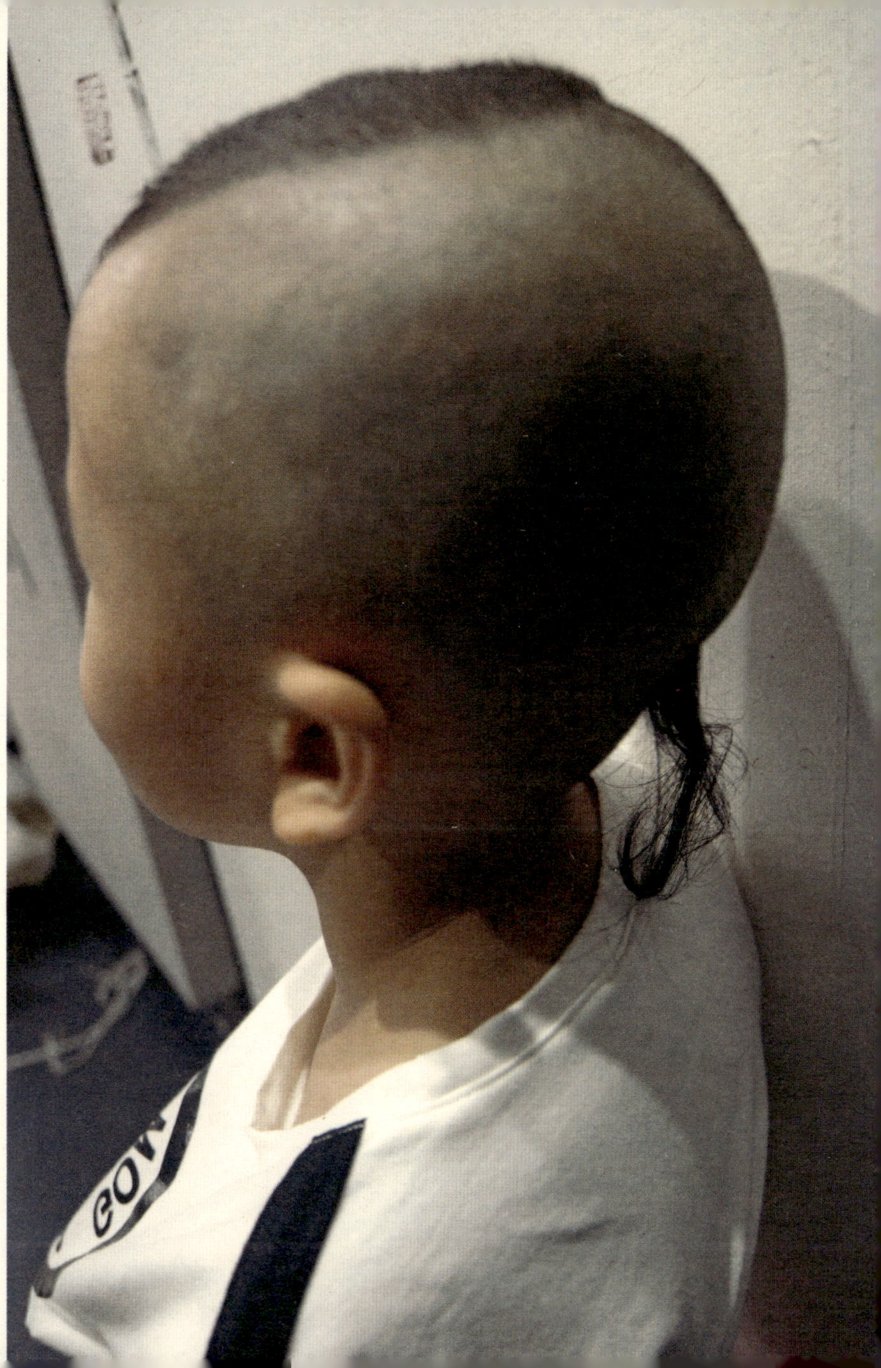

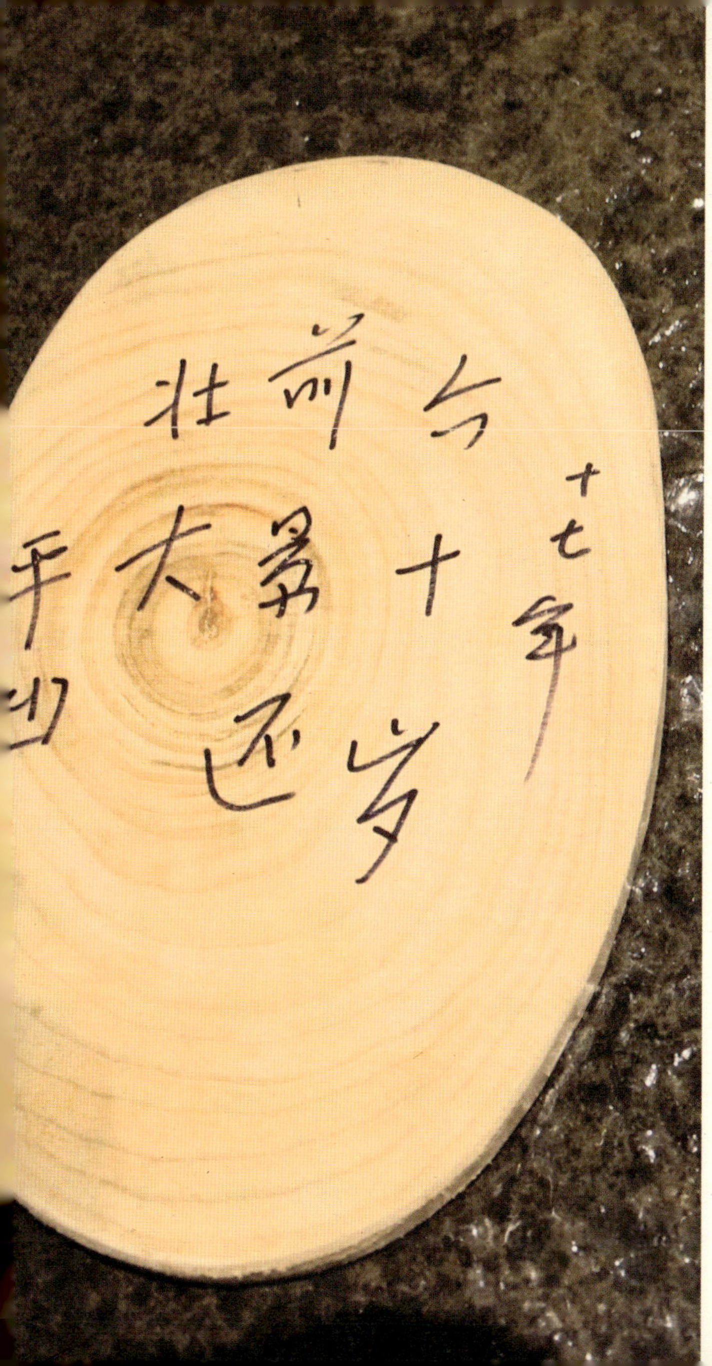

现场为大名鼎鼎的贾平凹先生刻姓名印章时，我假惺惺地问了一句：『你喜欢刻什么类型的印章，比如是朱文印还是白文印？是奔放还是安静一点的呢？』他出人意料地放弃了选择说：『就刻你最拿手的吧！』其实大师心知肚明，这『拿手』二字就等同『精品』二字了。（图为贾平凹先生题：六十岁前景还壮大）

贾平凹说六十岁前景还壮大

■ 当下，自己快乐，对手立马生气。当下，自己手头功夫了得，对手立马昏头转向。艺术这玩意真玩命，太虚时玄道不可分，太真时直悟天人际，太实时要命玩命还要好命。

玩得深入者，众命皆成仙；玩得着迷者，玩世不计年。何当事神游，笑拍自脑门。我这几十年如一日之玩命，谈云来往月穿梭，心情舒畅也；谈人生莫肯放下酒杯干！只可惜黄花白发相牵挽；再谈情说爱人已老，再谈生死死还早，到了这个年龄，只想自摸自取悦了，取悦乎？风前横笛斜吹雨，湿了自家脚是常事，只能赋予时人冷眼看，通犀还解辟寒无？能取悦谁了自己知，到了这份上，自扫门前雪，就不想再去取悦他人了，活得洒脱一点，不被俗人眼光绑住手脚便是自己了。

这年头，宁可孤独不违心，宁可抱憾不将就；能入我心、我眼者则君王；不入我心、我眼者敷衍了事罢了。

2017 年 7 月 23 日晚，我与同龄老友周良兄等人在西安拜会大文豪贾平凹先生。我与贾先生介绍说：“周先生是我三十多年的朋友了，从深圳来，我们仨人同年。”接下来周先生二话不说就上前斟酒、敬酒，贾先生说“我不喝了”，周先生说：“添点福！添点寿吧！”此“添点”的话真灵，贾先生二话不说，就把酒杯递了过来，任由斟满，举杯而下。稍后，周先生便从背包里掏出一块小木板让贾先生题字，贾先生提笔想了想，写道：“十七年。六十岁前景还壮大。平凹。”是的，如贾先生所说、所指真玩命，“太虚时玄道不可分，太真时直悟天人际”，太真指我也，周也，还是贾先生自己呢？我写此文时，正在回深圳的飞机上，我真想让飞机折返问他个究竟。可我又立马自语：“人我心、我眼乎！不必认真了！”

书法、篆刻要有古韵味

■ 书法、篆刻要有古韵味。新写的书法、篆刻也要有古韵味才对。要似点新建如旧的古建筑，要多开些与天外灵魂沟通的大小不同的窗户；还要开些高大的门，让伟人易于进出；多开些低矮的门，让猪猫狗虫鼠都进入；古老气氛的高墙矮墙都要建些，这是美学的对比需要，也是气场的局面需要，存心做点残墙，无意间留点进人的裂缝，这样一来，猛烈的阳光射了进来，风才会钻入钻出。也许书法篆刻也要走过许多试探的路，如人生经历生命中无数突如其来的悲欢万状，乃至穷愁、病思、功名、富贵，才会变得成熟。只要不是写错字，书写些生僻的俗字是可以的，他人不懂的正是我们需要做的，这叫造局。局造好了，为人师的机会就来了。

学习书法、篆刻，没有个性，那就是不归路；学到老、用到老、创新到老，这就是成材之路；老死还在临摹，那是必死之路；你花费的时间要比别人多得多，没有付出很多，回报很少的过程，怎么享受人生“收银”之快感呢？做真人，做真感情的人，才是艺术人生价值的体现。

书法篆刻如痴如醉如爱情——“愿化身石桥，受五百年风吹，五百年日晒，五百年雨打，但求此少女从桥上走过。”但求有一次为您书写足矣……

初学书法篆刻第一世，要寻遍所有笔冢碑帖，不为长眠，只为贴近国

粹的精髓与容颜。

书法篆刻第二世，“我守在忘川河边，不为轮回，只为在途中与你相遇相见……”“这一世，我凡尘杀戮饮血。”只为成“魔”，因为我的“魔样”比谁都重要，这才是最终的我，这才是真正的输出自我之精华与快乐……别问手段，做自己喜欢的天理你都会懂的，那就是生出自我的生命

天下事大，必作于小；天下事繁，必作于简；此吾之手段也。

来——现实才能够实现作品姓钟！颜体、欧体、柳体之后有个钟体呼？！

书法篆刻的第三世，就是人不在世时，作品怎么自觉存世。这个可想，也可以不想，但只要有这方面的想法，就要有步骤地推进，依己法，行己路，出己书，为大众服务，为社会服务，为家国情怀服务。刻些千百万年不烂之石和印章等，写些刻些碑匾、对联、铭文、陶器等，作品多了，质量高了，总有精华留下。我信我的“木鸡养到”“石德堪师”“厚德时迈”“云间妙想，山骨精神”，还有我的篆刻风格和涨墨书法等因我之见而变得有意义。人类社会的“主义”何其多，但只要谨遵自己的理想、观点、主张和学说——“主义”才有意义！有人这样说：“因为做了，心安了，就不会留下太多的遗憾。”我相信是的。

1200

我现场这『货』，墨是臭豆腐般的臭，忍得『墨香』者，不需要戴口罩，忍不得『墨臭』者，免费提供口罩。

书画同源，源一干枯，书画则死

■ 书画同源，源一干枯，书画则死。

书法都不能有法度者，国画又怎能有法度呢？

也就是说，书法都写不好的画家，又怎能画好国画呢？我坚信，书法写得好的人，一旦画起国画来，必然合乎国粹之精魂！所以，我从颜真卿、黄庭坚、米芾、王铎、吴昌硕、齐白石等人的书法里，品到了一种灵动之画意气息来，还赏到了一种尊贵的民族精神来。

国画！国画！体现的是国人之宣纸水墨，国人之毛笔书法，国人之诗词歌赋，国人之哲学思想，国人之印学，国人之布局章法等，缺一国画则不地道，缺二已面目全非，缺三国画不再中国，民族精神大失。

国画，国画！书法强则国画强，笔墨精神则国画精神，诗词歌赋进步则国画进步。无独立气息之国画，何来国画存在之大美？

所以我在西安贾平凹文学艺术馆搞个展时，把绘画变成次要，把题字和歪句变成了重中之重，故有了如下绘画之作。学过画者“无敢有无畏之心”，我少画便成无知无畏者了。当我重看那些日子的绘画视频时，那种无畏忘我之精神更使我觉得惊人夺魂。

明日我会进步的，等着瞧！明日我会进步的，等着瞧！

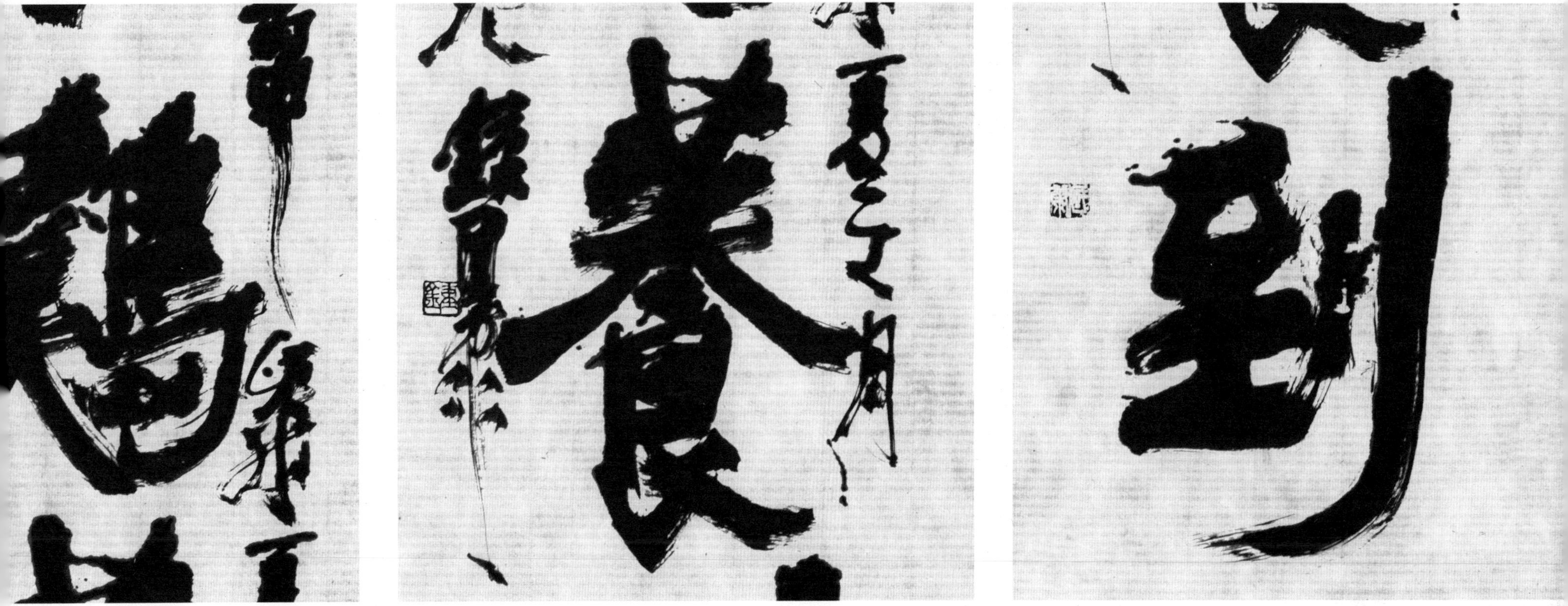

钟国康白

我姓钟，是“情有独钟”的钟，是钟爱自我的钟，是择一事钟爱一生的钟。我真诚，爱批评假大师，爱索取表扬。我痴迷臭墨、泼墨，迷恋一笔下去就写出块、面、线、浓淡、干湿、飞白、圆方、涨墨效果来。我俗气，穿衣随便，头发腻而蓬乱，但我住家很是讲究，爱筑小梦；人不懒不笨，爱自残；自称为丑人。（图为“木鸡养到”四字作品特写）

把“老辣”胡诌成火气的人，都是浅薄无知的人

■ 在中国国粹里，中国文人字画向来都是崇尚大刀阔斧的文人气息。比如“文人写意书画”这六字里，说的就是书画要意写文人情怀的问题。在当今社会功利作用下，中国书画的文人气息被那些不太肯下功夫的人把“老辣”胡诌成火气，把媚俗尊为大美，我认为这些人都是知识贫乏、浅薄无知的人，这些人的受众面只停留在感官层面上，这些人还应该是马上就要被文化艺术边缘化的人了。人一旦失去主观判断力，文化底蕴与艺术气质就将彻底崩溃。刻意追求矫揉造作，就是感官虚荣与浮华的开始。

心养浩气，笔走龙蛇，开明练达，遇事如破竹，一丝不羁的才情流露，至真也。这种笔墨大气，才是中国文人练达出来的精髓。没有熟练通达，怎么能“笔走龙蛇”呢？又怎么能体现出大气古拙来呢？通情达理之世故笔墨，是寿者相。

大气老辣要建立在心神气韵间，是自己的心神气韵，自己预计的，能入古出新的，能总结和传播、传承的，且有前瞻性的。

中国传统文化涓流之回响，千万年没有断源，那是我们中华民族之庆幸！我们的一觞一咏，游目骋怀，足以畅叙幽情，足以集视听之可娱可乐也。

古往今来，凡成大名大器者，都是大气老辣的，哪有小里小气的人成就的呢？“古之立大事者，不惟有超世之才，亦必有坚忍不拔之志。”苏轼语也。

素来以大气老辣、浩瀚天成为代表的诗人、画家、书法家有：

李白诗：“君不见黄河之水天上来，奔流到海不复回。”“天生我材必有用。千金散尽还复来。烹羊宰牛且为乐。会须一饮三百杯。”——假若我“三百杯”下肚，真的“奔流到海不复回”了。

刘邦诗：“大风起兮云飞扬，威加海内兮归故乡。”——歌我归故乡，须“威加”。

毛泽东诗：“问苍茫大地，谁主沉浮？”——“谁主沉浮”？我也！气势取胜也！

画家如八大山人、蒲作英、吴昌硕、傅抱石、黄宾虹、朱屺瞻等。他们各自有不同面貌，有的高山流水，有的奔雷走石，有的鹰击长空，有的惊蛇入草，无不守中国画之笔墨线条和诗情画意气脉而成，气势磅礴是他们的主心骨，小气画家成不了大器，他们心知肚明。

颜真卿的《祭侄文稿》《裴将军碑》、陈白沙的茅龙书法、高剑父的长

枪大戟，还有吴昌硕、康有为、沙孟海、陆维钊的书法等，他们一出笔就是“恶”与“狠”的代表。“独立思考”“学贵知疑”是他们的救命药方，生涩苍劲以医甜熟，金石峻峭可以医软弱。特别是陈白沙的哲学，让世人耳目一新，震慑中原大地。

但我钟国康一旦刀当笔使，笔当刀用的时候，就有一些所谓“高人”说我金石老辣之大气是“火气”，见我涨墨时就说我如“墨猪”，盲目一通评论，混淆视听。其实，我的书法一笔出去就有骨、有肉、有皮了，是水墨淋漓的，涨墨中有骨山，墨海中有方笔、干湿飞白，怎个就成“火气”了呢？又怎个成了“墨猪”了呢？是的，是市场、偏见与学识在左右他们的言论行为。正如我所见之林散之、陈大羽、尉天池、薛永年、沈定庵等大家，他们可都说我的用笔、用墨老到，还可再狠些呢，故才有了今天刀当笔用、笔当刀砍的一番自我更新面貌。我相信我一贯的追求——独立创新、独树一帜没有错，我的钟氏笔墨用法和金石篆刻追求没有错。

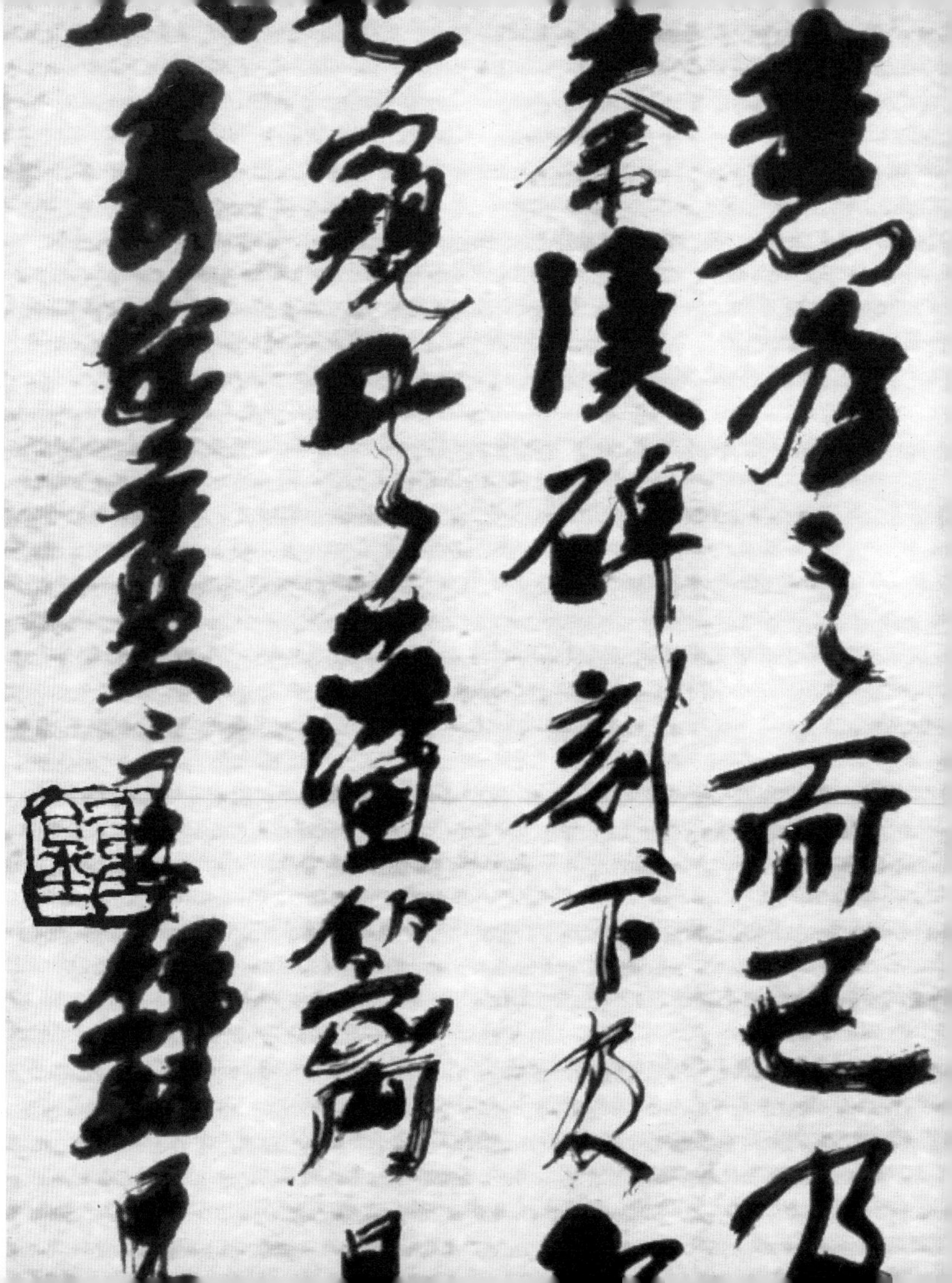

先生你读懂我和读不懂我重要吗？

——书画家没文化、没个性，创作还有什么意义

■ 书画家没文化、没个性，创作还有什么意义？世上多你一个不多，少你一个更好，人算“108位英雄好汉”时，你算老几呢？

书画家之书法家，没文化你书写的是什么东西？

书画家之画家，你的书法没写好你画的诗眼如何立足？

情书书法字写得再漂亮，情话能打动对方才叫情书，空空洞洞的书写只能蒙骗空空洞洞的人。

书画家没文化，书法没有内涵真可怕。这也正如商家没有诚信，与骗子有什么两样？这就叫奸商。书画家没文化正如商家没了诚信，没诚信之画，何如“成”品？那些东西压根就是垃圾。

能把脾气压下去，把脾性运用好的人，那叫本事。书写多了才能轻松自如地书写，用心多了才叫用心做事，你若如是，你就是赢家了。

人若没有灵性，怎么会有灵活、灵然之活法呢？

若没有唯一性、独创性，又怎么有鲜活之活法呢！

我钟国康从学谁像谁开始践行着我之唯一性，我之活法，到用自己制作的毛笔、钟氏墨汁、篆刻刀和印泥，自己独特的书写方法，去书写自己的内容，刻自己个性的印章，装裱自己个性的书画……在自己设计的赏心悦目的环境里挂着、用着、享受着，这才叫上心哩！假如钟国康没有自我，没有创新之作品，那活着还有什么意义呢？我钟国康用尽今生所赢得的赏心践行之活法，去度我今生唯一之生命，足矣！

工匠有两重大意：一是具有极致手工技艺的人；二是没有文化的另一代名词。世人都知道永远抄别人诗句的是书画匠，所以我多年坚持自己写诗句，这才有了西安“印回大唐·钟国康诗、书、画、篆刻现场创作展”的胆量。（图为钟国康在现场创作前撰写作品内容）▶

一得

钟国康『杀纸的秘密武器』。

坑古兄弟

■ 世有坑爹之说，今有坑古兄弟。

坑古兄弟叫王远平，他迷茫时找我吃饭得来此名。早年，我给他写了一副对子，见者都说有古韵味，有“生命”哩。自此，他的生意也好了，感觉自己萌萌哒。后来他转向收古旧门窗、屏风、家具、石器、建筑构件等。为这些古旧之物，花费了所有积蓄，进而又痴迷于建新如旧、修旧如旧的装修工程。过往古物一般都是爹妈或老祖宗留下来的东西，现在只要有眼力一到地摊和古建筑市场去淘就有。依靠捣古吃古，这叫“坑古”，不给力的人，叫“坑人”。所以我灵机一动，管他叫“坑古兄弟”。坑爹食古，着眼创新不为耻；唤弟呼兄，放怀穷达尽堪修也。

曹溪脉路清，建塔修心境。奕祀家山大，临风振羽仪。
款文：丙申岁夏之月，寄缶庐主钟国康。印鉴：寄缶庐、钟、国康。（为曹建奕先生诗也）

徐看玉宇龙缠栋，振迅天真烂漫延。华木欣欣舞向日，君家绸缪本天然。
款文：丙申岁夏月，寄缶庐主人钟国康敬事。印鉴：寄缶庐、钟、国康。（为徐振华先生诗也）

凹源九道出天地，公欲行歌许客陪。酒若来斟醉复（醉），茶香醉饮来不来。
款文：复下补醉，寄缶庐主国康。印鉴：寄缶庐、钟、国康。（为凹公酒诗也）

关中旧事几梦魂，老碗江湖如海吞。饮水思肠缸做胆，嗜诗醒酒味香醇。
款文：关中老碗存之，国康。印鉴：寄缶庐、钟、国康。

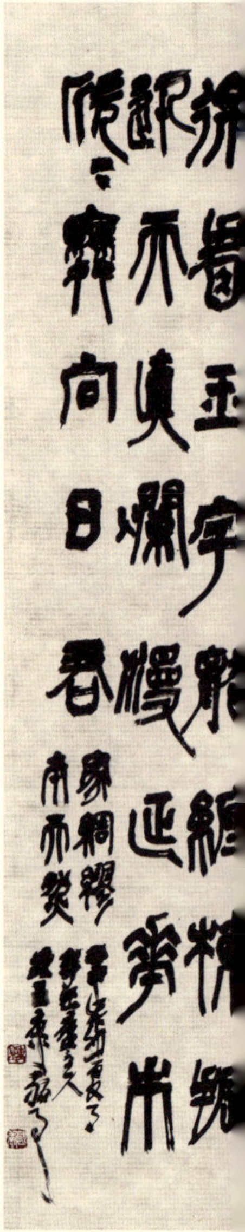

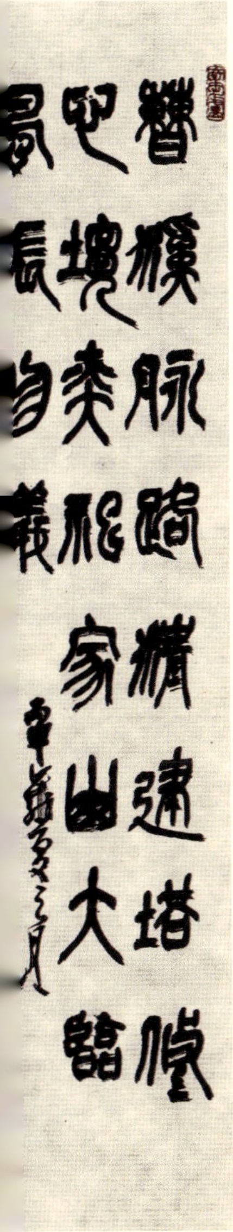

坑古兄弟贱货交流馆

■ 神接前人暗号同，贱生贱养暂时穷。

贱价精神贱价用，淘金馋古情梦通。

记得多年前，有一名深圳好古的老板来找我吃饭。

说的是吃饭，不如说是一饭想要我的“命”。饭未吃，见面张口就说：“钟老师给我公司起个名字怎么样？”我思量着这好古之人怎个“好古”法，一用心理事，就不知不觉间上了这条“贼船”。我心想：“吃就吃呗，吃他的又不是‘坑爹’的！难道我贱卖了吗？”

在赶去吃饭的路上，嬉戏打闹之间，一时有了思路，是风气之风，是催生精灵古怪之气。我拍拍脑袋，有了！就叫“坑古兄弟”吧！

到了酒店，饭未开，围坐下，讨论不到三分钟，就拍板定了下来。名气在外，任人“宰割”，他一饭就捞了个“富贵名”！我钟国康就这样又一次被贱卖了。

“这名字起得真好！”他说现在人们都不知道他姓甚名谁了，只管叫他“坑古兄弟”。

时过几年，他的名气很大了，因这个名字更牛气了起来，甚至准备要建自己的文玩博物馆了。见我就说：“走，走！去见我的收藏去，去见我的场所去！”

这次老板重操上次的路数，同先前写好的剧本，让我给他的文玩博物馆再起个名字。我拍着胸脯保证，一定找个有新闻、有意思、抓眼球又独特的名字出来，肯定有的……

我说：“有了！我不能白吃你的饭，你过来，过来！古玩都是曾经辉煌的产物，富贵人都把自己当一回事，在世时，不惜重金打造自己的玩物，百年后，不肖子孙贱卖，其贱卖之物并不贱也，这‘贱’字可用。”

是的，儿子就是身上割下来的一块肉，谁不想让他又富又贵呢？可乡下人都知道，只有贱生贱养才是好，故其名字大都叫阿猫、阿狗、阿猪、阿鸡的……

又：“中国人自古低调，管自己叫鄙人，夫人叫贱内，儿子叫犬子……”

“风险与挑战并存，危机与机遇同在。”宝石无须警惕落入粪池，因为宝石落入粪池，依旧是宝石。贱生贱养，也许默默生长出一种不短之志气来。

只身悠悠江湖上，天助阳春生笔下——贱生不愁穷，贱养志不短，“寸草贱子命”，乡下仔一有成就，就来个“贱子年年抱金樽”最是自足。

先整个“坑古兄弟贱货交流展”吧！完了之后，再建个“坑古兄弟贱货交流馆”以之延续。

其馆其意如同嵌名诗：

坑爹嚼古习先辈，古镜照人人镜天。
兄把自家当回事，弟孙先使未来钱。
贱肥贵瘦渠都用，货栈存亡生死连。
交手难留后世富，流通贱卖亦随缘。

书画家要向文人学点什么

■ 我想人人思想不同，因而灵魂不同，面目不同，书法也是如此。

我们为打基础，学习古人的笔墨法帖，自然带上个人意气，似与不似，似多少，都是个人理解，是正常的事情。

现在所谓的书法家们，死活看不顺眼当今学者文化人写书法，说贾平凹等人写写毛笔字，就拥有相当市场份额“吃过界”了。我却认为自古以来，从来就没有过学者文化人与书法家之细分，又怎么有“吃过界”之说呢？

我相信时间总会给出意想不到的答案。所以，我不顾岁月的催促，50多岁后，还在等待提高自己文化水平的那一刻。

如果按照目前书法家行为水平继续下去，相信总有一天国人宁愿喜欢文人书法家，而绝对不会喜欢我们这些目前只会抄抄写写的没有文化，头脑发热得只剩下笔墨结构而没有了精神内容的所谓书法家。

现在书法家队伍里，很多人老是嘲笑文化圈里的贾平凹等人，说他写好文章就是了，非要踏一脚到书法家的队伍来抢饭碗。其实我早些年见过贾平凹年轻时期出的书法集里就有很浓的“二王”味道，又有苏东坡的影子，我还觉得贾平凹先生之书法暗合了古人篆书用笔，其用笔之点横竖撇捺大小笔画基本一致，变化不大，加点钢笔书写的行草意进去，这就是他的个性，斩钉截铁地收笔，笨笨拙拙，就是他的味道。可是有些人却说：“贾平凹就是一个作家爱好书法，字因人贵，仅此而已。”又说：“贾平凹的字什么水平，懂点书法的都知道。除了名气，就是张废纸。”这些批评没有具体性，只是一种负气，一种喝醋。

某些瞎批评的人不但不认真临帖临碑，还不认真创作书法内容，一般都是随意抄写《唐诗三百首》，或写些常见常用的“天道酬勤”“龙马精神”“厚德载物”等字，就这水平还好意思去指指点点。我真希望他们不要再说目前的文化学者抢书法家的饭碗了，因为古代从来都是先有文学家、学者、官吏，然后才有书画家，书画家在宫廷里只是个工匠，与木匠、石匠、铁匠无多大差别。过往学者都写得一手好字，但过往写得好字的人并不一定是学者或官吏，而往往是些在村头巷尾为一些没有文化的村民、市民写写家书，写写契约等人罢了。过往的书法家是有思想、地位的绅士，他们有思想要传达、有事情要记述后，才动手提笔写字的。毛笔书法只是精神的载体、传达的工具，更谈不上一个“家”字，可现在大多数的书法家却变成了抄书匠。

我们不希望终身专注于笔法结构，而是希望花时间在思想内容创作上。我希望要书写的赋、记、对联、杂文，一旦书写了，一定还要推敲，要有“吟安一个字，捻断数茎须”的过程。

但愿书法内容创作质量逐步提高。

让人觉得可有可无，你被踢开的日子就不远了。（图为钟国康竹子作品特写）

到朋友处搞挥毫活动，临时调墨方法：可用一个巴掌大的直边圆口碗，用几支国画管装颜料（什么颜色都可以），将旧墨盘上的残墨（宿墨）一起洗进墨碗里，如果没有残墨（宿墨），就烧些纸灰也可以，再倒入少许瓶装书画墨汁，然后用多出颜料和墨汁几倍的清水调和就可以用了。写一幅作品，一般我都要准备十来分钟，用半张残纸试试涨墨效果，一波三翻笔，如有骨有肉有皮的效果出来了，就可以了。做了一大堆合乎自己心情及情绪的“鬼怪”来，才能说“我墨有鬼”，才能说我书法有如国画用墨之活灵活现，是书法也是国画。

马坝史光

百越衍蕃

南越肇建

广信初开

冼太安民

南华禅音

梅关古道

海上思路

侨贯东西

以前的艺术家觉得自己应该两袖清风，但在我看来，文化人就是为社会服务、为国家服务的，只为几个人服务，或是只为自己服务是错的。我有几次和国家合作，为国家的印花税刻印章，也为北京奥运会和伦敦奥运会获奖的运动员刻章，我觉得这些是真正有意义的事情。我觉得艺术家应该是思想者，自己的思想要让别人看得到、看得懂。许多艺术家想让大家看到自己的作品就搞展览，这不是个聪明的办法，我把我的作品和产品结合起来，让我的作品流动，这样就成了流动展览，能让更多人看到我的作品。比如我写一个牌匾挂在那里，每天都有许多人进进出出，等我不在了牌匾依然留下，我的作品就能流传下去。（图为钟国康为 2014 年中国印花税票创作的九枚印章及印花税票照片）

■ 中兴，中兴！中兴通信企业也。中规兴矩，才叫真个中兴。“中规兴矩，诠古开今”，才能突飞猛进。

“中规”，即合乎曾经的“诠古”约定和准绳。“兴矩”就是“开今”的全新定义，是丰富与拓延。“中规兴矩”，就得“诠古开今”之反复。

“中规兴矩”，是事物发展阶段性的兴奋过后又回到“拓地三千里，往返速若飞”的新的兴奋点上。只有这样，才能往返持续下一轮的增长。“往返持续”，还应是恒久的。

“中规中矩”，此成语只符合过往的规矩标准和法则。

“直者中绳，曲者中钩，方者中矩，圆者中规”，以及不以规矩，不能成方圆，重规叠矩，方领矩步，规矩准绳，规行矩步，规圆矩方，矩步方行，偭规越矩，循规蹈矩，破矩为圆，很多都得重新认识。“破矩为圆”，是不够的，还得“破矩为菱”或“破矩为万物”，方能符合当下突飞猛进之发展。

拥“中规兴矩”入怀，就是拥“发展”入怀。但愿“中规兴矩”，成为新的座右铭。

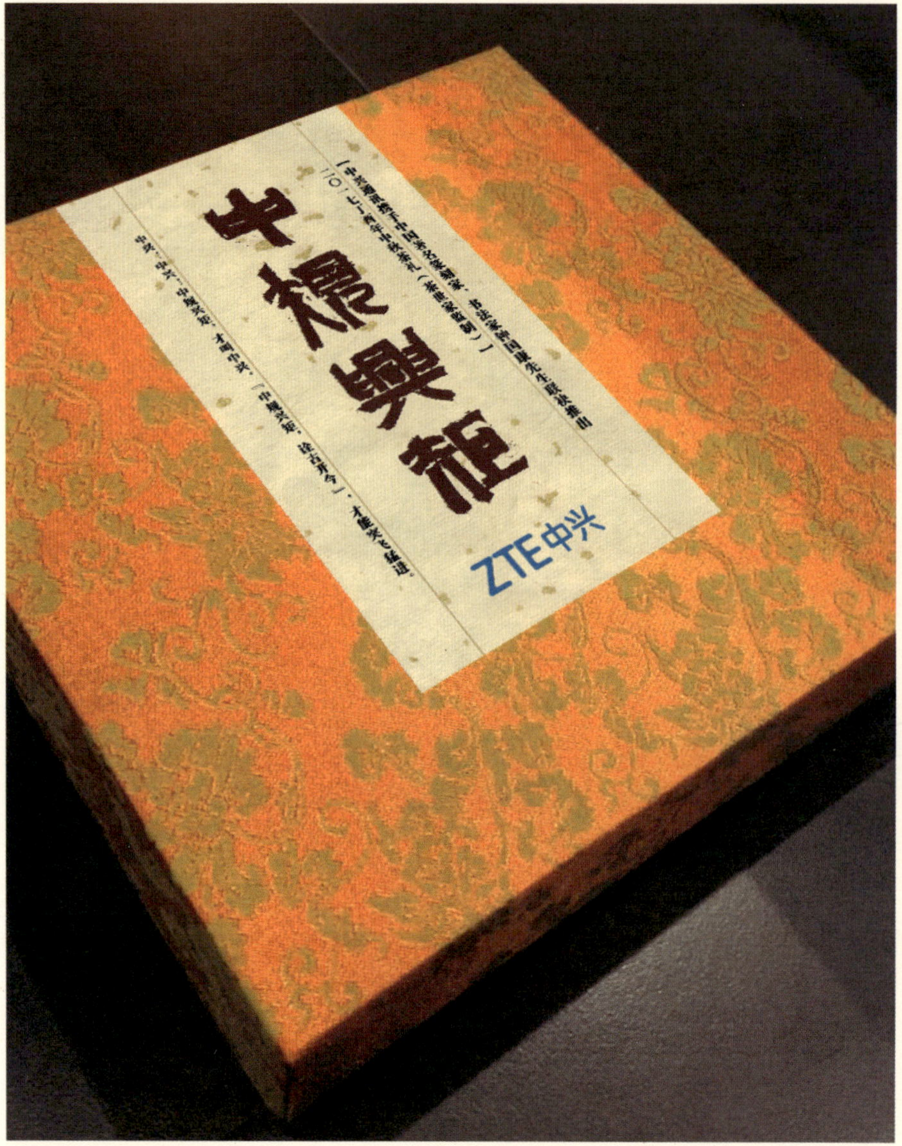

香港回家二十年纪念创作『家国茶』的理念

■ 是的，香港回归祖国怀抱二十年了，深圳“茶世家”的朋友找我来出一款茶礼方案，我说：“光荣任务呀！”

冥思苦想中，有家才有国，回归即回家。“家国茶”三字凸显，“香港回归二十年”改成“香港回家二十年”更为亲切！就此确定“香港回家二十年”为题展开创作，让我刻一枚篆刻印章，写一篇短文为创作要素：

孩子是父母十指连心之疼爱。香港就是祖国娘亲身上掉下来的一块肉……龙生九子，丢一个，个个都疼。

香港，失散百年；祖国母亲，呼唤百年。祖国母亲虽然饱受饥寒，却不畏艰难，坚强地活着，时时刻刻都大声呼喊：“香港啊，放心吧，阎王爷不叫我们是不会去的！”这种庄严的承诺，体现了祖国母亲决不撒手的坚韧品质。泪崩了，不知终年，母亲还哼着《外婆桥》的小调：“摇啊摇，十五摇过秋分就是外婆桥……乐啊乐，阿绫阿绫地紧紧抱……跳啊跳，牛郎织女摇摇总是够不着！眨啊眨，对着她们笑啊笑，摇啊摇，十五摇过秋分就是外婆桥。”

1997年7月1日，祖国母亲久盼的香港，终于回家了。直到今天，2017年7月1日，香港回家二十年了。我们世家书院以及茶世家亲戚叔伯兄弟们，总得有个说法！总得有个理由庆祝一下吧！于是“香港回家二十年”这枚与石同寿的印章就这样诞生了。是的，借香港回归纪念日说事，借中秋来临之际，祝香港团圆回家！

祖国父母亲，龙子儿孙们——都是上天派来的天使。有缘亲爱走在一起，大爱无疆，磨难才能塑造出如此美丽超凡的心灵，在宇宙间回响。百年前的所惧，“但菜羹粝饭，不求他味”；百年后，胸次春风秋月明；此生若得，更若流水；万世轮回，开太平天寿；祈求祖国祖宗，山灵好水都呵护！

最后，让我们互相祝贺吧！让我们回味一杯母亲茶！回味一杯家国茶！祝香港世世代代繁荣昌盛！

我的印章做企业标志、建筑装置，可放大十米、八米甚至无限大都没有问题，甚至越大越好。全因用我的印章有刀石味，紧收中宫且还有涨墨味，有古韵味，结字紧密无间，笔画有穿插互抱，小可见大，大则更佳。如果缩到指头大小（如图）同样有装饰味。把印章用到企业，用到行政，用到公共设施等，处处可用，且有民族味，有国粹经典味。你有无尽想法，就有无尽用法。我的篆刻早年用作红木家具榫卯暗记、线装书签吊件、室内屏风刻件、中堂挂件、大堂背景刻墙、篆刻主题酒店、省市篆刻铭记线装书、自作家国情怀句子印。印章盖到哪里，哪里就有属于我的印记，近来我又刻到苹果、玉件、真人身上了。（图为钟国康为凤凰卫视创作的茶礼）

图为『印回大唐·钟国康诗、书、画、篆刻现场创作展』的作品展示。

徐老振华君

■　徐老振华君，是我的忘年之交，全因西安“印回大唐·钟国康诗、书、画、篆刻现场创作展”，让我们走得更近了，后又因徐老的突然辞世，热交中，如一盆冷水泼下来，让人难以接受。我这等如陶潜《与子俨等疏》之：“黾勉辞世，使汝等幼而饥寒。”但愿徐老，隐居去了……

徐老振华君，其真实身份是黄庭坚纪念馆馆长，曾任江西省九江市文物管理委员会主任。他儒雅谦逊，具有名士之风、君子之气度。他能让人的灵魂中转到需要的点子上，是世上稀缺的、少之又少的人物。只要一和徐老交谈，大家都像被磁铁吸住一样，不自觉地在他的姓氏后面加个“老”字，叫“徐老”或叫“徐老振华君”，而不敢直呼他的名字。真可谓一见倾心，二见钟情矣。

是的，对平头百姓而言，我们一般管人叫“老陈”或“老李”就可以了。而面对一个如此德高望重的长者，我们不在姓氏“徐”后加一“老”字，不在其名字后加一“君”字，就如同叫错他的姓名一样尴尬。

江西徐老振华君，是我近几年认识的一位难得的亦师亦友的长者；如同大浪淘沙，千淘万淘才淘得的珍稀宝贝一样，捧在手心里，都不敢高声喧哗的，让人倍加尊重的前辈。

人有大走鸿运的时候。上天让木南君引荐我与徐老认识，相互欣赏就像文人喜酒，一杯下去我竟像“李白斗酒诗百篇”似的，两三日便写成一百多首沉香诗。几回相识，成果猛出。

倘若天地真的是个大戏场，那么，戏中自有角色，则“今日乌合，明日鸟散，今日倒戈，明日凭轼，今日为君子，明日为小人，今日为小人，明日复为君子”之人，常见常有。“低头便见水中天”，结交正能量的人，进退得来正如——心正、人正、道正，便是进步。

与徐老相识，纯粹是偶然，在众多的人中，我独爱徐老。我们终日在微信上你来我往如孩童，一个六十如六岁，一个七十如七岁，沉醉在每次交流之中。我俩在思想和灵魂上的碰撞，就如贪吃的孩子不能没有零食。我们终日想着怎样光大中国传统文化，因颇多共识共趣而相互倾慕，又因碰撞升华而日益相互崇拜起来。

这崇拜没有高下之分。天地之大，知音难觅。我说我看人不会走眼的，我俩不需要多见，偶尔通一下电话就可以了，或偶尔在网络上互读一下对方的文章就知晓彼此的用意何在了。是的，徐老说：“总有一日，你钟国康会把自己的艺术人生修炼到极致。钟国康是一个强人。强人有比一般人优秀之处，但也有不可理喻的地方。大气得来霸道，痛快淋漓得来经常用力过猛、过狠，让他人尊敬也让他人畏惧，这就是钟国康。”徐老跟很多人如是说。

徐老是中国当代文博专家委员会委员，他像一本字典活在民间，他是个通才，他每到一个地方就可赢得众多人的敬爱和崇拜。这话不是吹的，且听我一一道来。

徐老做过学者，做过老师，写过小说、儿童剧，做过黄庭坚纪念馆馆长，做过文物管理委员会主任，开过公司当经理，做香料，也开发过凹公酒之外的酒……还精通国学书画、文物保护鉴定开发等，几乎无一不知，无一不晓。记得在深圳与他聊起我的涨墨书法，他就说起古有王铎之涨墨，近有黄宾虹淡墨晕染的篆书，再近些还有个林散之……还说到吴昌硕也有笔味墨味的篆刻。这不是通才又怎能与人对答如流从而被人们大爱呢？又如广东茂名的南粤沉香博物馆和钟国康印馆成立之际，我在赶写沉香诗《香鹤舞动》时曰：

香舞松风吹解带，鹤姿明月照弹琴。
舞裙羽抖野天阔，动扎摇枝空好音。

徐老说“松风吹解带”乃王维诗意，唐韵十足；“空好音”，与唐杜甫妙对“映阶碧草自春色，隔叶黄鹂空好音”如出一辙，相得益彰。

《俊松公祖藏白木香》又曰：

俊功盛德留千古，松老鹤风落翠花。
公察善思理不乱，祖翁田地塘边茶。
藏头护尾耕耘早，白日中天向老爷。
木植溪山荫瑞世，香风隔代记情了。

读罢，徐老总结说：有魏晋风度，风花雪月之外，还有农耕文明的影子。

我们开发的凹公酒从试品酒色，到瓶装设计，再到瓶子选厂制作，无一不留有徐老的智慧。

一谈论到医学，连中国第四军医大学吴文强教授都被徐老强大的人格魅力所折服，成了徐老的忘年交。

我们每次碰撞都会燃放出炙热的灿烂光焰来。在西安，徐老把我的粉丝搞得好像一家人似的。把西安贾平凹文学艺术馆当成了茶馆，在那里举觞高论。这时我和木南兄及粉丝们，不是醉茶就是醉徐老，高谈雄辩之时，时时有惊世篇章及墨宝诞生。

我们一生都酷爱读书，我们都是读书的人，只可惜很少有朋友能够走进彼此的心里。今天我们有缘走在一起了，徐老生怕我和我的作品被不认识的人和不具功力的人看走样，从而心惊胆战，常说我要为阿康写点什么。

2016 年底，徐老真的动笔为我写了一篇长达几千字的文章。题目是

《泼墨书法第一人》。文章如下：

观钟国康先生泼墨涨写书法，大有感焉。涨墨，本指“洇墨”“团墨”，江南又称“炸墨”。初习墨者，水墨比例不当，字洇成团。学子多因此挨师责，受“板刑”，从小必戒，书法家则视为大忌。偶有名家作品中字略洇出，别有风韵，则美称之谓“润墨”“晕墨”。引入国画技法中晕染涨泼，自成天地，大展其雄。然书法家罕有专注于此者。盖历代书法受实用性束缚，均以线条造型，敧正疏密，墨不傍出，计白留黑之单维度审美为追求，艺术追求缺乏多维度概念，千年一面，非帖即碑，巢笼之间，有翅难飞。是以历代书法家，作品敢于屡出涨墨者，明末清初之王铎而已。然其有意为之抑或无奈用之？今仍存疑。一则其本人少有论及，反言“月来病力疾勉书。时绝粮，书数条，卖之得五斗粟。买墨，墨不嘉耳，奈何？”以此故，则后学誉之者呼为“涨墨法”，称墨涨字外，效果独特，富有创造性，贬之者则称字失其形，凭文臆测，气行不畅，恐非王有意为之，且多于穷困潦倒时作，故据其“墨不嘉耳”，可作“途穷乏钱”之断，归为劣笔陋墨，纸质不良所致。一大公案，见仁见智，永难谜解。以此观之，涨墨者，人人笔下曾有，个个胸次阙如者也。陈陈相因，无人独步。钟国康先生幼濡于墨，长由书写墙报标语悟得人世生存真谛。诗文联语以乐，刓耕书艺为志，孜孜之，矻矻之，拳拳之，兀兀之。别出心径，渐入佳境，登堂入室，名动一方。当其青春意得风生水起之时，忽为事业“高原期”而耿耿，闭门守志十余年。专致探求法书、碑石、笔墨、刀法之奥，寻索不做他人存我最真之秘。重新从篆隶楷行草榜书刻印绘事等基础发力，穷究纸笔水墨诗文印泥刻刀书案之辩证关系，自制笔墨印泥刻刀器具。

以上乃徐老赞我、誉我之部分美言。我知我尚要努力，不敢不努力，徐老美言中没有丝毫含沙射影，只有扶我猛进。

望汝频采择，刀笔漫吞鸿。
山色分丽出，齐阳乳极东。
不忧刀斧劫，好丑亦相逢。
愿黑风来袭，奔雷惊雨空。
蒙胧重复泽，涨泼有腥风。
奇臭书心热，婆娑气势雄。
素毫墨花动，白纸印心红。

以上是徐老赞我的一首诗。

我清楚我书艺有病，我正调整我的笔墨，努力在各个领域中寻求美与丑的加入，七老八十徐步进，九老一百当少进。吾生带来笔墨生命之讨论，死了带不走半点笔墨而去，深知自己无能，但尚努力不懈留一点东西在世上。

在西安“印回大唐·钟国康诗、书、画、篆刻现场创作展”上，贾平凹等人讲话后，到徐老致辞赋诗。徐老曰：“我来自江西，今天在古都西安盛大隆重的场面上，钟国康先生的展览开幕了，心情很激动。大国文明大国风，印回大唐丝绸路。两个百年梦辉煌，神州赤县矗东方。”徐老雄亮的声音一出，一下惊动所有人，人们顿时为徐老高亢的声音猛烈地鼓起掌来。我现场创作期间，有人问徐老：“钟国康的作品好在哪里？”徐老盯住人看，回答：“很好！富有个性最重要，他是涨墨大家，他是能刀笔

互用的大家。”人听着摇了摇头，徐老就再次把自己气坏了，瞧着人家无心看我的作品，徐老就不开心，听到人们赞美时，他才松了一口气，长叹一声道：“这就对了！”在西安贾平凹文学艺术馆现场创作的每一天，都有徐老伴我左右，虽然他感觉是随随便便在我身边站着，可这给我莫大鼓励，三天半的时间里，我每幅作品要花费多少时间、费耗多少墨、用多少心机，我想他应该都是知道的。

在徐老的关怀下，我在江西景德镇和九江享受父爱般的温暖。当时我高烧三天未退，徐老作为一个长者，几次进出医院。这全因我身体不争气，被徐老照顾和呵护着，心里老是过意不去，如果自己马上变成个美少女就好了，让徐老呵护的是一个美女，也可养心养眼。可见徐老个性温和，体贴细心，很喜欢照顾人，以呵护好自己身边的每个人为荣。那种被呵护的感觉，在我心里是非常棒的，只是苦了徐老。当时从景德镇回到九江我高烧还未退，头痛无限，天气也寒冷无限，徐老见我被疾病折磨，时时讲些我喜欢的书画篆刻话题，让我转移注意力，集中在我最看中的笔墨技法里。后来徐老见我的病情还未好，就让我太太张氏从深圳飞了过来，心虽暖了些，但寒冷的天气还一天没有暖过，头见风就痛，没有留半点面子给我们，最后我们决定还是回暖和的广东去了。原计划要去井冈山和赣州，全因我身体不舒服而泡了汤。

我们相识的几年间，频频有互动，几十个回合下来，徐老先后六飞西安，三下惠深，过珠海、澳门，游湛江、茂名、化州等地，然后又北上北京，多次折返景德镇及九江。这些地方徐老基本上都与我同游，我亲身经历并目睹了他平和的伟大，态度的伟大，处世的伟大，平凡近人的心骨就是他最大的伟大！

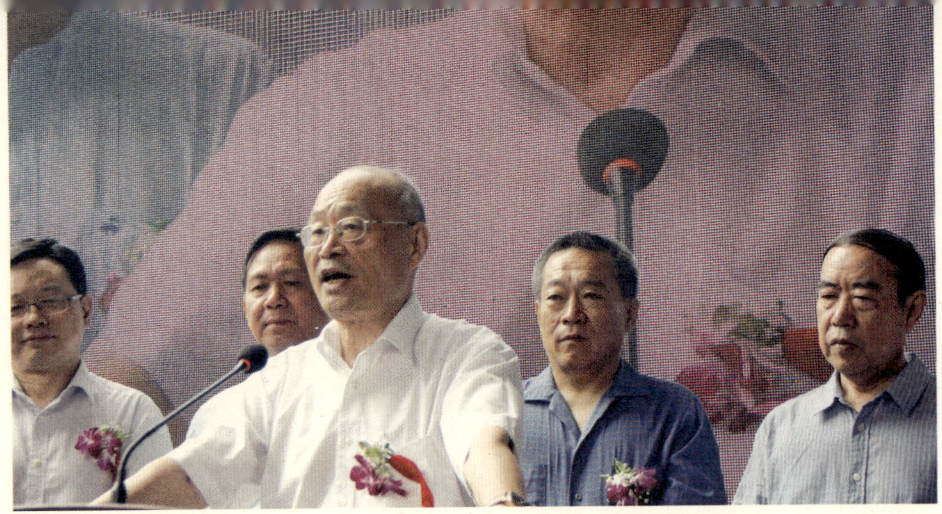

颜、柳、欧、赵，吴昌硕、齐白石各路“神仙”均不是单打独斗的书法家

■ 书法上的各体兼备，诗、书、篆刻、绘画、设计、装裱、装帧等，要无一不懂，无一不行，方能左右自己的艺术创作之心、之手、之行为。

命运把自己推上涂鸦行列，种种机缘造成的偶然经常发生。美学理念就不自觉地，随时、随心、随人、随环境等各种波动从小变到大变，这不妨称之为艺术命运。作为一个无神论者，面对这不可知，且不去说它，心怀敬畏，但又不愿被它左右，被它束缚……

艺术最高境界不可能成为神，更别说替代上帝。美学上的上帝，应是在灿烂中死去然后再生。超人之想，只一时主宰之念，一时行为之冲动。我的西安“印回大唐·钟国康诗、书、画、篆刻现场创作展”同理、同志、同命运。历史上所说的艺术有专攻，不应该只是当下的个体。

干书法，书法出息；干设计，设计出息；干企业行为，企业行为规范且赚钱，赚取形象，至关重要……这方面正如我的涨墨书法——有骨、有肉、有筋、有皮也。

单打独斗，不可成就大业。书法上的单一独体就是单打独斗。刘炳森、欧阳中石、刘自椟等，只是一时有名气罢了，不足为怪，那是沙堆楼宇，病全在沙基上，全在单打独斗上。

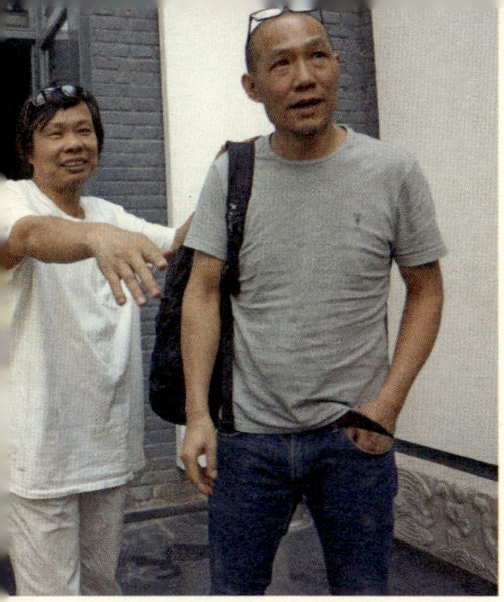

这次“印回大唐·钟国康诗、书、画、篆刻现场创作展”，得徐老振华君的全方位支持才能顺利实施。（图为徐老振华君自始至终都在现场上指导）

历史上看似单打独斗的颜、柳、欧、赵各体，他们从来都习行草篆隶、诗书画刻之修炼。比如颜真卿颜体之厚重、庄重之外，还有世上行书第二的《祭侄文稿》；柳公权的柳体，其笔画横竖线条比例变化不大之迹象，全在光大篆书特点之传统，其行草书《蒙诏帖》，意态雄豪，气势豪迈，不仅自成体系，也为唐代法书中的典范风格；欧阳询练习书法最初仿效王羲之，后独辟蹊径自成一家，这一个仿效亦即说明他不是单打独斗的书法家，我从他的书法里看到除帖学，还有更多碑版方笔的东西；赵孟頫的楷书富有行意，故其行草篆隶无一不能。

近代大家吴昌硕、齐白石，均是楷、行、草、隶、篆、篆刻、绘画的高手，其书法绘画中的诗词歌赋，更精彩无比。

一句话，书法上各体兼备的书法家才是才气十足，只有对各家书法全方位了解后才能具备“工匠”精神。颜、柳、欧、赵，吴昌硕、齐白石各路“神仙”，应是我们学习的榜样，其全方位的研习能力为其成就加分不少。

■ 在西安结识木南，经木南结识郭达，听说郭达与木南还有亲戚关系。是的，使我深记“郭达”名字是他的笑声。郭达！咯哒！咯咯哒！如鸡叫不宁之声。同声同幽便到同默了。真是个：“郭家幽默几人同，达则随情三二声。笑蛋轻松皆豁达，星分牛斗霹天鸣。”

一天，西安贾平凹文学艺术馆馆长木南先生晚饭时说起了笑星郭达，说是一次见面时，郭达问木南：“网上老见你晒钟国康的印和书法，这人大才啊，印刻得特好，招牌写得特翘。”郭达像母鸡生蛋一样，高兴得咯哒、咯哒地叫声四起。这“鸡声”四起，其目的就是提醒木南先生——我想请钟国康先生帮忙刻方印章，让我刻骨铭心地“爱”他一回。

木南说，爱钟国康印章的人很多，但爱得深刻的都是文化名人，是名人追名人的作品。我只管听，心想，这边是大笑星，那边是好朋友，我自然高兴地接了这单差事。

记得当时交代要刻四字“郭达之印”，是郭达先生特别交代的，还说要是多刻两字，就赚了两字，情就多了几分。哈哈！人一有才气，“贪心”都居然如此有文艺范了。看来某文苑杂志所说“文有文气，就有灵气；人有文气，就有气质”，真是如此呀。

用书声、掌声、名声赢得大众认同的人，才是真正文化深养出来的人，和文化深养出来的人说事、共事、分享快乐，为文人服务，我这边自然听着起劲，干着也真是舒服快乐呢。

当天晚饭和木南、陈瑛（深圳“茶世家”一姐）等 7 人进餐，我们谈友情，也谈工作。饭后回家，我便动刀刻了“郭达”二字，顺之又顺，溜溜的好（见图）。

我每每动刀刻印之前，都会用心审视要刻的内容。然后进行左右上下，相互对角等笔画结构之审视；考虑圆方运用，穿插互抱之安排；内容正确与否，通与不通，其意义大与不大等。我最后觉得“郭达之印”四字方刻，怎个上下左右，回文、反回文，都是一边极重，一边极轻，二字印更庄严且互抱穿插。比如“郭”字的“子”，可以有的放矢地占过“达”字下边；“达”字右边，变化之“土”字，可插过“郭”字“子”部上头，形成“郭达”二字互抱互让，从而使印面效果大于印石，进而起到“方寸见天地”之钟氏气象也。

郭达

款文：阿芝确实几难得，烂屋闲吟一口田。搞到京华慌出屎，称呼齐派好周旋。胡须犽咋重经典，木匠求其话够颠。学我者生真敢劈，劝人诚意独争先。

印鉴：寄缶庐、钟、国康。

以竹修心

■ 以竹修心。于画家是“以竹修心”；于我是“以石修心”；于画家和我，皆是“以德修心”。

“以竹修心”一印边款诗曰：

冬友修心有万应，国康以竹修心赠。

友心友石友来头，识墨识人安得宁。

冬友姓喻，说我印好，以“匠人”木枕“死物”换我匠心泣血所刻就之印——“以竹修心”一枚，喻得之大喜，余未见大喜也。因由制作木枕者，何方神圣？你赠我木枕，即是我交木枕友也，交其心得也，未见制作木枕人乎，何以使我心安，何以识我——“友心友石友来头，识墨识人安得宁”诗意乎。

以竹修心

不凡胎吴昌硕

■ 吴昌硕的篆刻好、书法好、诗词歌赋好，国画得益书法篆刻的线条魔力，有一种让人着迷的神奇乃至神圣，爱者道不出，总是爱。

“书画同源”谁都知道，但是书法篆刻线条又怎样融合呢？一般人绘画，如果永远用一个“绘”字和一个“画”字来完成一幅作品，我肯定永远不会有书法和篆刻那种厚重又古拙的美感线条来。为什么？因为古人早就说过了，书法是“书”出来的，国画是“写”出来的，所以文人画也叫“写意画”。

儒家讲“内敛”，道家讲“超越”。书法家讲法度；文人画讲写意。可实际操作起来很难，这是一个具有人文魔力、理念智慧的课题，是一种精神境界。

书法最后要辨得出字来，既是一篇精彩文章，又是一幅线条优美的书法。不管是篆、隶、楷、行、草、狂草，味道全在个人才气上，但一定能辨能读。能辨能读才是个人才气抑制与发泄的高标准，是法度森严的精神境界。

国画是书法，是篆刻，是诗词歌赋的“全能型”的文艺跨界人士的玩物。除有形无形之外，还要在似与不似之间潜行。

吴昌硕国画的魔力在于将篆、隶、篆刻的线条融入画中。朴实无华的线条却用了浑厚的篆隶意；不太天真的色彩却用了行草加涨墨的语言。正如其笔底所说：“诗文书画有真意，贵能深造求其通。”

如果吴昌硕没有深厚的诗书篆刻功底，其笔下的线条就会轻浮与疲软。是其篆刻的刀味、石味、远古味、印泥味在起作用，是其诗词歌赋在暗地里帮了忙。

吴昌硕的国画之精髓在于杀笔够狠。如他书写的石鼓文，收笔痛快且坚定，不拘小节，傲视孤僻，小篆、大篆、隶书、行草常常混写入画，是个以写为画的开拓性画家，是个彰显个性的天聪通才。

写心渴寄拔其舌，笔墨正酣且有声；肯把牛刀常小试，铁杆突出笔枪鸣。

Canon
XIANGHU
CLASSIC

从做好每天不起眼的事情开始，你的内心就如磐石一样坚实。（图为「印回大唐·钟国康诗、书、画、篆刻现场创作展」的围观场面）

成也“二王”，败也“二王”

■ 齐白石曾说：“学我者生，似我者死。”这句话骨子里的意思，就是提醒后人要形成自我独特的风格。只有如此，才能成为真正的大师。

沈尹默真个“民间第一大书法家”

沈尹默，浙江人，20 世纪著名的书法艺术大师。1944 年《世界美术大辞典》主笔，荷兰高罗佩称他为“民间第一大书法家”。

民国初年，重阳佳节，刘季平邀沈尹默喝酒论诗，沈尹默乘醉即席赋诗《题季平黄叶楼》：“眼中黄落尽雕年，独上高楼海气寒。从古诗人爱秋色，斜阳鸦影一凭栏。”刘季平非常赞赏，请沈尹默用宣纸书写后，贴在书房里。刘季平说：“诗中‘从古诗人爱秋色’之句，正合我意。写景以抒胸怀。”几天后，陈独秀做客刘季平家，见书房墙上新贴的书法和诗，便打听沈尹默的住所。陈独秀求友心切，专门走访沈尹默，见面就道：“我叫陈仲甫（陈独秀字），在刘季平家看到你写的书法和《题季平黄叶楼》的诗，诗做得很高雅，我很欣赏，但是这张字，就写得俗到入骨了。”

陈独秀和沈尹默系初次见面，未作寒暄，就坦率地提出了看法。沈尹默第一次听到这样的意见，开始感到很难堪，脸色很不自然，但细细一想，觉得自己所写的字确是笔法软弱，不见骨气，认为陈独秀很有眼力，是难得的诤友，而自己应该努力改进。从此，沈尹默发奋钻研书法，从学褚遂良法帖开始，接着，遍习晋唐以及北宋苏米各名家。他更崇尚晋代“二王”的字，每天细心临摹，注重笔法，每每作出一笔，常常屏气练习，十分认真。

依我看来，沈书之境界趣味，只写到清代。其书之书品，有如印刷厂字模，境界至高者，只报个高仿“唐三彩”。出彩与困局，都在乎其书体个性不明显所致也。

白蕉更具文人情怀

白蕉，上海金山人。精书法，习书历程规范，经过“楷书、行书、行草、草书”的过程。暮年更为入妙，令人难以企及。能篆刻，取法秦汉印，封泥，而又参权、量、诏版文字，有古秀蕴藉之趣。擅写兰，常以书法写兰，又以写兰法写书。能诗文，著作有《云间谈艺录》《济庐诗词稿》《客去录》《书法十讲》《书法学习讲话》等。著作虽然不多，但质量很高。沙孟海云：“白蕉先生……造次颠沛，驰不失范。三百年来能为此者寥寥数人。”我谓五百年来能为此者寥寥数人。

白蕉一味再现“二王”，但又能避免作品祟古的嫌疑。此举足见其顾盼有致，行色匆匆不失态度。用笔用墨，借写兰之自由，动中不忘端若古佛之容，上下左右、字字点划、整幅气息，善密处更密，疏处更疏，于是轻重节奏，气象渍墨，久滞风烟，燥润相杂，常含情怀。

书法用墨，世人多赞林散之先生，以为林老独造之境，其实白蕉墨法丝毫不让林。固守帖学的“书写性”，还兼书卷气，老笔纵横，融晋韵意态，气接宋明于一炉。近代书法家，于右任、黄宾虹、谢无量等，也难及白蕉之轻松自如。

沈、白不在一个档次上

依我看来，沈尹默和白蕉不在一个档次上。在白蕉面前，沈尹默是欠缺情怀的，在作品里就看到他与白之间处处有距离。白蕉随手写的上下关系、左右关系、行的性情，处处都精度。沈尹默只是有形，而白蕉除形之外更有神情，这是二者的距离。

事实上，“二王”书风经过白蕉、沈尹默二人的薪火相传，尤白蕉的墨韵墨变之妙，绝不在林散之之下。然而，白蕉在世时的影响，比不上沈尹默，我痛惜世眼有失也。究其缘故，或是两人处世风格不一，沈尹默在媒体圈子混得开，是社会型，而白蕉是学者型，为人低调。

沈尹默曾经是我的偶像，但当我知道白蕉后，我就转向热爱白蕉。因为白蕉的性情才是适合我的，他的气场灵动，有气象。书法艺术的最高境界并不在造型，不在似与不似之间，而是自我的独立气场。但是这种气场，很多人都做不到。就这方面来说，如果把白蕉当作王羲之第二又或第二十，那么沈尹默就不知排在几十了。

成也“二王”，败也“二王”

但是，无论沈尹默，还是白蕉，他们都有着同样的艺术特点，那就是成也“二王”，败也“二王”，都在模仿别人，没有突出的自我风格。

白蕉师法王羲之，在技法上的某方面也超于王羲之，却做不到超越。王羲之是晋朝人，每个历史时期都被人们所推崇，从平民到皇帝，大家都追随，书圣俨然在神坛之上。在他之后，任何人都只能做第二。历史就是这样残酷。学王羲之的人，永远都在他的影子里面生存，白蕉的书法就是在王羲之的影子笼罩下的产物。

历史上，很多具有一定造诣的人，不仅师法前人，更重要的是形成了强烈的自我风格。比如在楷书里，出现了颜体、欧体、柳体，还有更为灵动的处于楷书、行书之间的“张黑女碑”，他们都是楷体里有强烈自我面貌的书体。这自我的才情与情怀，才是书法家的真正境界。

回到当代，获奖大户如陈忠康、陈海良等，还有学者欧阳中石，他们学“二王”只学形体，谈不上强烈自我，他们仅仅做到了入门。在结构和形体上学谁似谁那只是第一步，摆脱某某的影子才是最为重要的一步。

毛笔是软的，墨是软的，写字时心是软的，但写出强大心爱的字来，这才叫感觉。

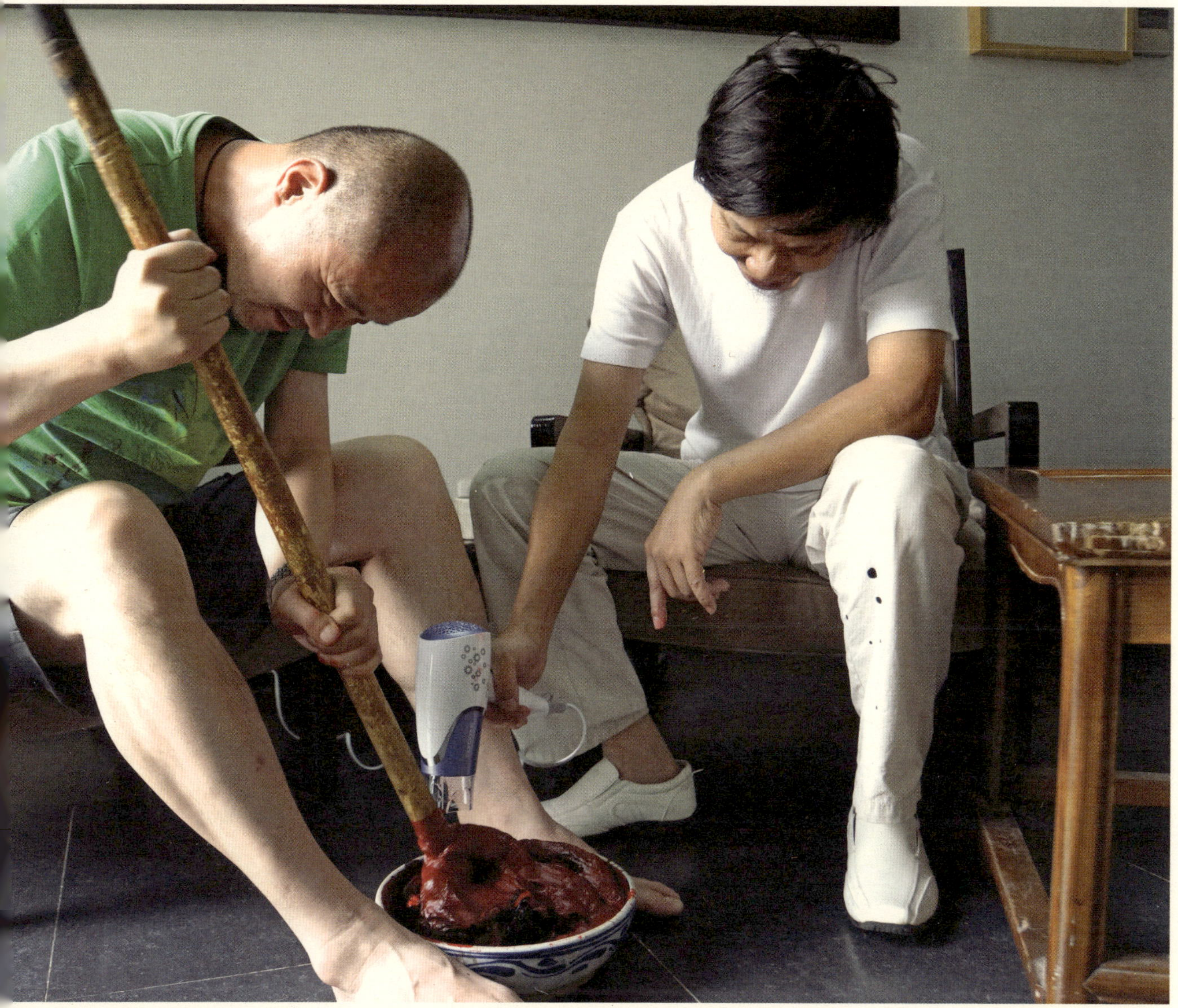

于小婵道友与我在制作钟氏的印泥。

法真我

钟国康，习书法；
康国步，法真如。
临他人，立自己；
习一人，益两人。
学他人，悟自己；
习百人，胜百人。
学人巧，大俗来；
行大方，品自高。
刀是笔，笔是刀；
金石味，可医俗。
道法灵，守自己；
性情真，做自己。
少修饰，最自然；
大气出，神气逸。
唯一性，最真我；
法真我，神气全。

变法两大巨擘——康有为、梁启超对比论

■ 康有为、梁启超都是家喻户晓的历史人物，同时是书法史上的重要书法家。

康有为的书法实践

且不论其政治得失功过，仅在书法上，康有为可谓晚清书法巨子。千百年来，在中国书法艺术的长河里，能有一鳞半爪的创新，都能让人仰视，康有为正是其中一员。他在传统的基础上，推崇“尚碑”意识，建立新一代个性风格。依我看来，是继孙过庭、苏轼、黄庭坚、米芾和陈白沙之后，理论与实践均有造诣的双栖人物。

潘伯鹰批评康有为的书法是“一条翻滚的烂草绳”。然而，这不正是陈白沙用笔峭搓牙，“茅龙飞出右军窝”的追求？我觉得，这正是笔味，长锋毛毫能书写出“烂草绳”的效果，能书写出金石味，不得了！

凡事都得回到作品上弄个究竟，才会看得更明白。

康氏在《云峰石刻》《爨龙颜》《石门铭》《六十人造像》《泰山经石峪金刚经》诸碑中各有所得，是历史上雄强一路的旷世代表。涵泳沉潜，以碑写行，迟送涩进，力满筋丰，恰似长戈大戟，硬弓铁弩。他施以长锋软毫犹如“茅龙”，尽显神逸。富有金石之气，山野之气，与柔弱甜美之书风，形同冰炭，有声有色。

只写唐宋行楷的人，不知康南海长戈大戟之痛快；不行碑版、金石的人，哪知康南海生辣涩进，拙朴倔强。写书评的人，如能认真地体验碑版、金石十年八载的话，才能对康南海顿生敬畏之心，定知他“变”之所在。

梁启超书法中的学养修为

梁启超年幼时，被称为“岭南奇才”。一次有来访者让启超识字，在大纸狂草了一个“龙”。梁启超看了一眼，摇摇头，一口喝下凉开水。客人看了又哈哈大笑道：“饮茶龙上水。”梁启超对答道：“写字狗耙田。”梁父亲尴尬，正要惩罚他，客人说：“令公子对答工整，才思敏捷，实在令人惊异。”可见，梁启超自幼才思过人。这正是当今书法家缺少的，实实在在的才识！

回到书法上，梁启超少时也依时风，学习科举需要的“馆阁体”楷书。后来他回忆道：“我年轻时候，想得翰林，也学过些翰林字，到现在总不脱大卷子的气味。”

1890 年，梁启超入万木草堂，师从康有为，自言“生平知有学自兹始”，彻底告别旧学，成为中国近代政治史、思想史上的风云人物，其书法艺术被学术、政治成就所掩盖。20 世纪 90 年代以来，随着梁氏书法手迹被重新发掘，书法界、学术界对其书法成就开始进行研究，他的书法实践才逐渐为人们所认识。

梁启超书法从颜、欧入手，后受康有为“尚碑”意识的影响。他认为，学书“若从唐人入手，则终身浅薄，无复窥见古人之日”。和他的政治观点相似，梁启超深知“无复窥见古人之日”之理，故上溯六朝碑版，

钻研过《高贞碑》《爨龙颜碑》《张黑女墓志》《李璧墓志》《张猛龙碑》和《张迁碑》等。

大凡成功者，多融会兼通，自成风格，梁就是如此。他将自我见解融入二王、智永、欧阳询的行草风韵和隶书风格中。

欣赏梁启超的书法，可感到一股清气扑入眉宇，有一种“气定神闲，温文尔雅”的境界，更有他广博的学识修为。“梁氏一生，遵循传统书学中的‘古法’，努力探索新路，以其清隽平和的韵致，儒雅的气度，给以‘阳刚’为主体的碑学书法带来‘阴柔’之美，丰富了中国书法的文化意蕴。”

1926 年 3 月，梁启超因尿血入住北京协和医院做手术。手术前的 3 月 10 日，他在《致孩子们书》中记述：“我这封信写得最有趣的是坐在病床上用医院吃饭用的盘子当桌子写的。我发明这项工具，过几天可以在床上临帖了。”可见他临池习书，一生中从没停止。

书法因康、梁而添色

“变者，乃天下之公理。”唐代“二王”书风的兴起，明清以来，“馆阁”盛行。不少学者书法家似乎只晓得一两体的书风，让人感到审美疲劳。

康有为、梁启超两大巨擘，不仅致力推动中国近代政治体制“变法”，而且各自在书法领域也以“变法”引人注目。正是有了康、梁的出现，和他们力倡的“变法”，为清末民初的政治、学术，乃至书法艺术添色不少。

张大千、胡小石，同师李瑞清

张大千创立"大千体"

张大千，名爰，意谓与热爱艺术生活的人为伍。"大千"是他短暂出家时的法名。他幼年受以画虎著称的母亲和自号"虎痴"的二哥张善子的熏陶指点，后又师从诸多名师学习书法、诗文，成就卓越。张大千擅长画山水、人物、花卉、翎毛和鉴赏，又收藏，能诗文，书法也极有造诣。由于他以画名行世，其独具风格的书法艺术往往被人忽视。

1919 年，21 岁的张大千师从名书法家李瑞清，学三代两汉金石文字，六朝三唐碑刻，慢慢形成了细秀、方平、略带隶书味的书风。他的书法劲拔飘逸，外柔内刚，独具风采，尤其以行楷和行书见长，篆隶书都擅长，章草也很雅致。其作品多得魏碑的凝重雄强之气，却又无板滞之弊，熔南北碑帖于一炉，集各家所长，将自己豪放磊落的性格凸显于书道之中，形成了内敛、古拙、多变、出新、笔力遒劲而秀逸的风格。

张大千一生留下的书法作品很多，包括中堂、对联、横轴、书信、手卷等。他爱写对联，在他的书法作品集里，对联就占了相当分量。关于对联，张大千还留下了不少逸事。话说有一天，他开玩笑地指着自己模仿的一副对联，对擅摹李瑞清书迹的李瑞清的侄儿李健说："这是老师所书但未署款的一副联。"一直在叔叔身边学习了许多年的李健，细细看了竟然分不出其书作之真伪。李瑞清的门生有很多，但对张大千格外器重，他病重卧床无法写字时，社会上送来的笔单大多由张大千代书。

张大千在练习书法的同时，也不断地钻研绘画。他先是"师古"，用大量的时间和心血临摹古人名作，把历代有代表性的画家一一挑出，由近到远，潜心研究。然而他并不满足，又学习石窟艺术和民间艺术。历史上许多人临摹的画一般只能临其貌，而张大千的伪古足可乱真。师古人自然重要，但造化更重要，历代有成就的画家都奉行"外师造化，中得心源"。于是张大千开始了他的"师自然"阶段，游遍祖国河山，留下无数写生作品。60 岁后，他以心为师，在传统笔墨基础上，受西方现代绘画抽象表现主义的启发，独创了泼彩画法。

而他的书法艺术又受其自身对绘画的感悟影响。张大千的书法在继承传统的基础上，融合了山水画的意境，不是一味地追求表面上的张扬外露和剑拔弩张，而是使力与感情相融合，平中求奇，书法自我面目从此修炼并走向自由解脱，达"苍深渊穆"之境地，被后人称为"大千体"。

胡小石青出于蓝而胜于蓝

胡小石，名光炜，晚年别号沙公、子夏，属于学院派的书法家。因为他差不多一生都在高等学府做教授，知识渊博，手眼俱高。他的书法初学颜真卿，写得沉闷呆板。后问学于李瑞清，得疾涩二法，书法风格瘦劲古朴。

在李瑞清的亲自指点下，胡小石进而改学北碑，临习《郑文公碑》及《张黑女墓志》二碑碣最久，写过《流沙坠简》墨迹影印本，得汉代八分、章草及行草书真相，高雅古朴，不落俗套，博取珍奇自悟笔法、自娱戏为书。

胡小石行书流畅，隶书严正中出刚劲，篆书则擅长方笔金文，书风雄强、峻刻。草书结体学大王，布白学王铎；真书早年宗龙门笔法，晚年从萧憺、萧秀诸刻上溯大王，精劲内擫；行书取笔于倪鸿宝，化险峻为凝炼，在刚劲流利中出墨味，继承了李瑞清涩笔顿挫的风格，并创造性地用涩笔写今草和狂草，富有特色。

但胡小石不习唐人之书，不穷喜“二王”之法，以为他们虽然大家，结体也佳，但只是修饰齐整而已。故胡小石不慕其小富之天趣，更不因世风之猛烈而盲从唐韵，反而尊魏卑唐，以魏碑的方笔为主，尤其对米南宫戏笔“刷字”之方法十分神往。笔中带釜凿刀削感，故沉雄之中，又有豪迈之气，结体布局，不拘一格，颇有黄山谷书的神趣，这就是胡小石先生之精神。

胡小石在篆、隶、真、行、草中有深度钻研，书法博采众长，自成一体，世所公认。胡小石常云：“受益最大，得与李瑞清先生朝夕晤谈，小学、经学和书艺能不断深造……”后人评胡小石“近得梅庵（李瑞清字）北派之真髓，兼受农髯南派之薰沐，远绍两周金文之异变，秦权诏版之规范，汉简八分之宽博……虽师从梅庵，但能得其所失，补其所缺，实青出于蓝而胜于蓝”。

古人不是终点

读张大千、胡小石先生之书法，可以看到古人就是他们最好的老师。与多写行书的张大千相比，胡小石是一个什么书体都写的书法家，但他们都在师从李瑞清的过程中有所改变。虽然行书都是他们的强项，但张大千行书更加自由而加入画意墨趣；而胡小石行书书写意重而少墨气。

另一方面，对比张大千的潜心作画，胡小石更醉心诗作和教学。其生平诗词所作，七绝居多，旨趣神妙，风调隽美。散原先生曾赞其“仰追刘宾客，为七百年来罕见”。他更是金陵书坛的泰斗，一生长期执教，曾任“中央大学”中文系教授、南京大学中文系教授兼系主任与文学院院长。

胡先生连授课时的板书都十分讲究用笔、结构、布白，点划撇捺，遒劲高古，人称“一绝”。学生一边听讲，一边欣赏着先生高超的书法艺术。

据说，胡小石先生在 1961 年 5 月作校庆学术报告时，示意要一位同学上前擦黑板，台下突然响起一片“不！不要擦”的喊声，一时间使那位学生手持黑板擦愣在台上，不知所措。原来前来听课的师生实在不忍擦去如此精妙的板书。

Nikon

Canon
EOS 5D
Mark III

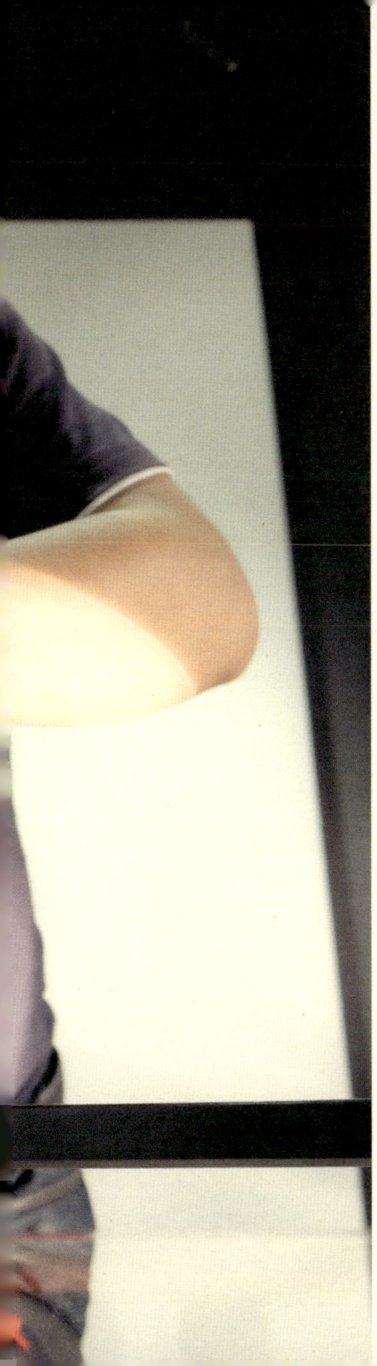

敬业精神万岁——因为我的敬业，所以迎来了更多的敬业者。

潘天寿、傅抱石“掰手腕”

■ 当你爱上一个画家时，其实你早已被他作品的灵魂所俘虏。当你看到眼前这幅《小龙湫下一角》时，也许会被小龙湫的山、水、石、花所震慑，不禁惊叹：这是谁画的山、谁画的水？

王羲之因一篇《兰亭序》而千载留名；齐白石因三五笔就把虾画得活灵活现而名满天下；徐悲鸿因奔驰的马而驰誉画坛；吴昌硕因其篆刻而名垂青史。我相信潘天寿将来亦因其《小龙湫下一角》而得以留名。潘天寿的山水、花草、云石都可谓形神兼备，险正相生。

潘天寿在教科书中不可少

在历史的淘洗中，有人会被牢记，有人会被遗忘，而潘天寿是会被美术史铭记的画家，在未来教科书上必不可少。尤其他精妙的构图布局之法将会记入美术教材，他每作必有奇局，巧妙地运用了几何学结构，险中求势，还将中西美学相结合，形成形简而意远的美学意境。

他的构图亦犹篆刻，潘老在有意无意中运用了篆刻家的“对角法”，饱满且紧凑，团块似方非方，大小石横直呼应，多变的石和野草野花，繁杂得迷人。于是山石、花、叶、大方、小方……各串联成阵势，在有限的空间里形成一种平衡。

在《小龙湫下一角》的构图中，那水从“右上角”直奔“左下角”，完美地勾勒了那“小龙湫下一角”的“角”字，并且自然构入主题。虽然勾题方法有多种，但他只画了小龙湫下的一个角落，以一鳞半爪来表现全龙，手法高明。

再看潘老的用墨，其韵内重外淡相渗相叠，近观点点青苔，翠绿澄莹；远观青苔，线面尽收眼底，物象皆备，仿如一尊巨石，棱角鲜明。潘老多走奇险一路，采用“造险”“破险”的手法，景愈藏，境界愈大，这就是潘老的拿手好戏。潘老是一位难得的可供后学从多方面借鉴学习的书画家，我们既可以学习他的笔墨，也可以学习他的构图、思想、书法以及诗歌。

潘老注重以书法线条入画，于繁杂画面中充斥才气，特别是他的指画尤为高深，或以泼墨指染，或以指尖勾线，或以笔、指交错点缀墨韵，气韵之生动，非笔力所能达。在潘老的泼墨指画里，我不仅读到了金石味，而且读到了其无穷想法。每一次读完潘老的画，就似登了一次潘家的高山，虽说只是“卧游”了一番，但感觉我们都成为了高人。我不是一个裁判，但是我相信随着时间的淘洗，他的名气会越来越大。

傅抱石有创新就有牺牲

从傅抱石的一则资料就可探寻其审美取向。他从小即与篆刻结缘，青年时代以篆刻名噪南昌，得到了徐悲鸿的青睐。后来，傅抱石将其所造印稿携至日本，受到导师金原省吾的赞赏。在日本办展时，篆刻、微雕更为傅抱石带来相当的名望。在创作的同时，傅抱石十分注重中国篆刻学、篆刻史的研究和著述，因此他的画也极富金石味。

傅抱石善于挥动手中的大笔，恰如其分地书写满腹的情怀，用心去泼写他的“胸中丘壑”；用真山真水去呼唤出他的“胸中丘壑”；用水、墨、彩三者交融于一体的渲染法，去描绘他的“胸中丘壑”。

傅抱石善画烟峡云雨，浩渺江风。大幅气势雄浑，小幅咫尺千里，成林淋漓，气势磅礴。他在传统技法基础上，推陈出新，独树一帜。对1949年后的山水画，起了继往开来的作用。

一般人只用笔来擦、染，而傅抱石则翻新出奇地运用丝瓜瓤作为画具，擦出了一种洒脱神韵，擦出了视觉笔墨之魅力、中西方现代绘画之气韵，擦出了“内在动力方向”“刺激式样”，擦活了昔日传统中的僵化和禁忌。

其“斜射线”重叠运用，也与石涛墨法中“浸润法”之代替轮廓界定线互渗互用，犹如呼吸般自然。由于丝瓜瓤的融水特性，一会儿浓墨挥洒，一会儿淡墨点缀，可谓浓淡兼用，干干湿湿，画面既苍且润，邃密丰润，且融恣纵于浑莽。

如画一棵树，先用丝瓜瓤浓墨擦出轮廓肌理，后用墨水淡淡擦出纹理。这种擦法高妙，但是也有不足之处，本应为毛笔线条之处却为“擦”所替代，千百年来活跃在中国画内的笔墨线条节奏感、韵律感大大减弱，是遗憾。

但他毕竟是一种创新，有创新就有牺牲。我们要深信我们还会找回因“擦”而消失的线条、阴影、调子、韵律，擦出内心消散的超脱、随心所欲的境界，这样的创新就必定成功。

“诗、书、画、印”四艺互济

综合来看，傅抱石在中国美术史上算得上是具有强烈自我风格的画家，他不仅精通书法、诗词、书画、篆刻等，而且造诣很高。潘天寿的泼墨指画与傅抱石的烟峡云雨之气韵同出一辙。气韵者，精气神也。大声已去，余音复来，悠扬宛转，声外之音，其是之谓矣。

潘天寿是最为讲究创新的画家，他的构图前无古人，自我作古，独创一格，可谓美术史的典范，能作为一种教材典范去教育后人。傅抱石虽然也有革新，但是毕竟他的创新是建立在古人的基础之上，他的构图源于古人，但又未能有所超越。在我第一次读到潘天寿、傅抱石他们的画的时候，仿佛所有认知的心境就在眼前，如要分出个先后，那我先推潘天寿，再推傅抱石。

潘天寿、傅抱石，他俩是精通“诗、书、画、印”的国画家。“诗、书、画、印”四绝：“诗”就是中国画意之心境；“书”就是笔性之晴雨表；“画”就是笔墨工夫之魂魄；“印”是点醒生趣之用。

当今门类科目越分越细，以后还能有四绝的国画家出现吗？要培养与成就一位“诗、书、画、印”四绝之后具有强烈自我风格的国画家并非易事。这四门课程，在当今的美院国画系里，应是不可或缺的课程。

我看见自己写的前言与大师贾平凹、薛永年等为我写的「吹捧」文章挂在一起，就高兴得手舞足蹈，露出了「丑态」来。然后，木南先生见了，就为我这张图片加了一连串的注脚，比如「合作过份」「配合过度」「鬼怪灵精」等。

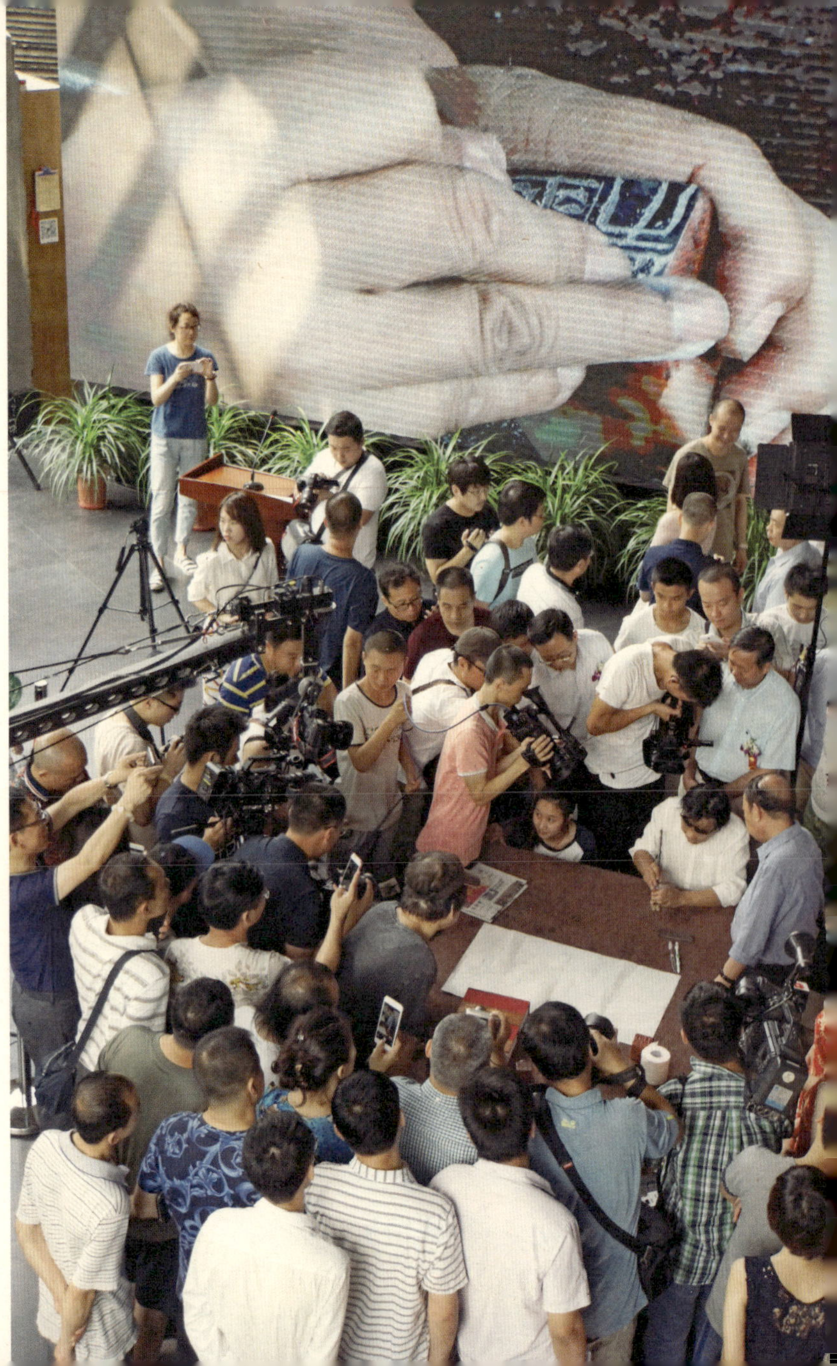

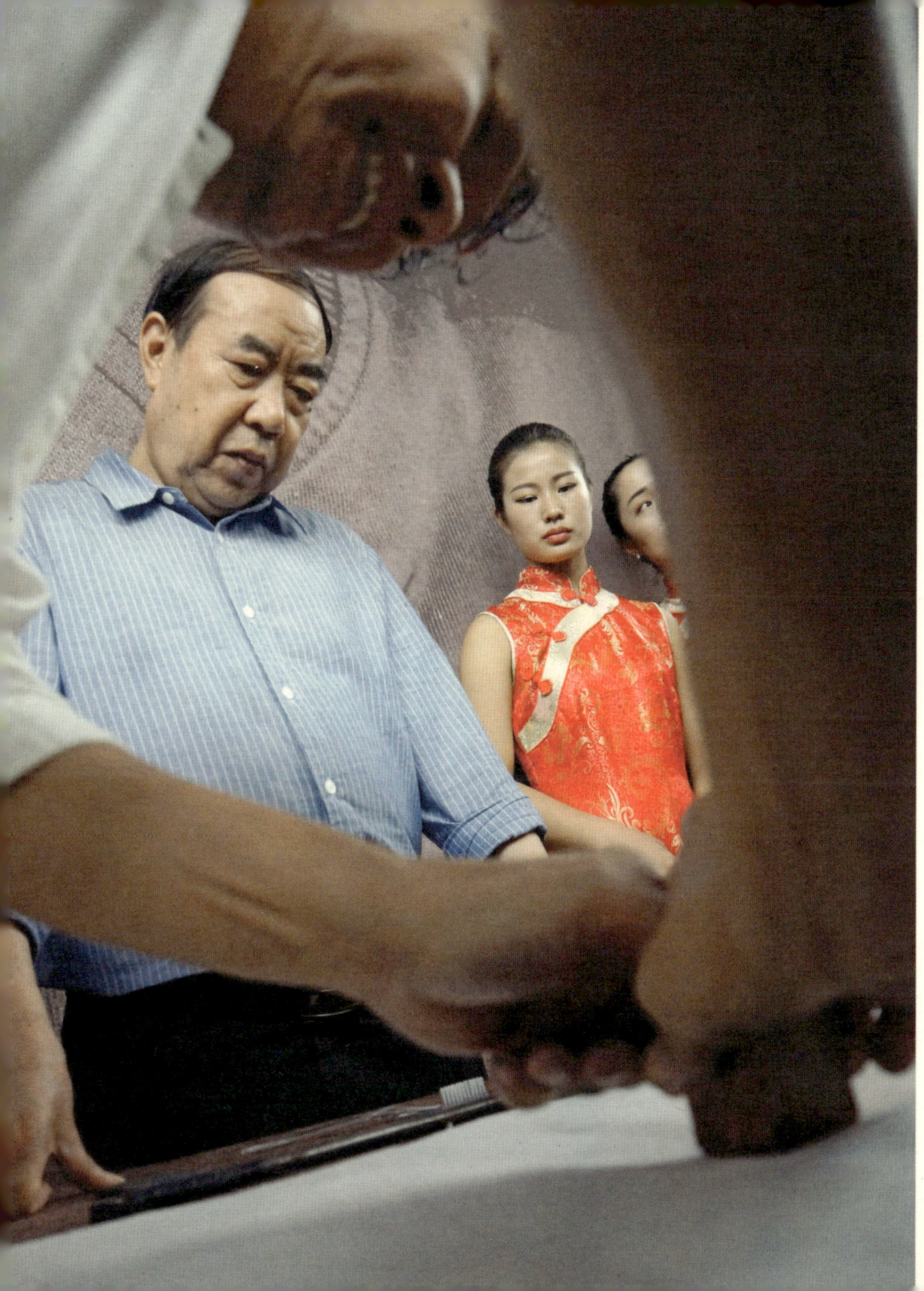

时势造名家

■ 秦咢生，世人称他有三绝：书法、篆刻、诗词。其中，书法最盛，以行书最为擅长。秦咢生最早学习行书，从元朝赵孟頫处采法，后来效仿“二王”，对明代文徵明的书法研习最为精深。秦咢生的行书，源于传统，又加以己见，糅合了碑和帖的笔法，豪放中有沉着朴厚，遒劲中见婉秀流丽。

宋代黄休复在《益州名画录》中，提出了现在常用来评价书画的“四品说”，即逸品、神品、妙品、能品。根据黄的阐述，大体意思是：逸品，随意自然，笔墨精炼，意趣出常；神品，形神兼备，立意妙合；妙品，得心应手，笔墨精妙；能品，有功力，生动。秦咢生的行书，一个字一个字地写，很少有连带之笔。虽然其行气能够从始至终、一贯到底，没有拖泥带水，但未能随意、得心应手，应算是能品。

实际上，行书是秦咢生书法最高境界的体现。虽然秦咢生自幼习书，融洽百家，但除行书，其他书体造诣都不高，即使是后来自创的“秦氏爨宝子体”，其美学意义也不是很大。

“秦氏爨宝子体”，主要是从魏晋《爨宝子碑》《天玺碑》以及黑体字中觅取养分，风格苍劲有力、浑重厚实。这为当时柔丽之风盛行的广东书法界，带来了一股恢弘之气。彼时，粤人很中意“秦氏爨宝子体”，常常拜访秦咢生求字。现在在广东，可以经常见到秦写就的商业招牌，比如“招商银行”“锦园”等。

尽管“秦氏爨宝子体”广受欢迎，但从书法鉴赏角度来说，它的不足之处很明显。在用笔上，“秦氏爨宝子体”经常性地使用绘画中的排比法，略显俗气，且字体结构设计了太多的转弯抹角，有一些砌砖头的死板之气，比如他的“日”“月”两个字，用排比法写得横平竖直，就像在描画一般；两个字的四角都是撩起来的，使得字的整体态势显得造作了些。

秦氏一门多有好书法的人，但是，无出秦咢生右者，也无一人可以跳出秦咢生的书法“规矩”。

麦字曾掀起习书热潮

麦华三幼时读私塾，便醉心于书法，家中没有书法藏卷，便经常流连于旧广州府学东街之旧书肆及各处名胜石刻之中。

麦华三早年主要是临摹刘墉，还有清光绪进士吴道镕，受“馆阁体”影响较深。后来，结识家藏丰富的黄文宽后，开始临摹历代的碑帖，尤爱钟繇的《三表》、王羲之的《乐毅论》。后来，他对王献之的《玉版十三行》下苦功夫，钻研深学。终于自成一家，成绩突出。

“馆阁体”，流行于馆阁及科举考场，风格是方正光洁美观，但是拘谨呆板。到了清后期，“馆阁体”基本上已经到了“求其佳处，到死无一笔是矣”的地步。然而，麦华三的楷书融入了钟、王以及唐人的书风，吸取精华，对“馆阁体”施以改革。麦华三去掉了“馆阁体”丰腴之风，削弱“馆阁体”欧体赵面的共性，融入自己的创新，赋予新颜。尽管如此，麦华三的书法未跳出“馆阁体”。他的“麦体”匀圆丰满、光洁妩媚，不但刻板拘谨，还保留了“馆阁体”的特性。

麦华三的书法，红极一时。1958 年，麦华三应邀用端庄的“麦体”楷书抄写了第一部《中华人民共和国宪法》，1961 年，为广东省人民委员会书写了《马门烈士纪念碑》《向秀丽纪念碑》等。当时，广东全省甚至全国，还兴起了一股学习书法的热潮，《麦体书法帖》被广为传阅、模仿，我当时也有一本。

“麦体”圆润端庄，平和典丽，特别适合在匾额、楹联或园林古建中使用，常常有商店、企业等前来，求麦华三赠大字招牌。麦华三也写春联，印刷销往全国。

从书法美学上看，麦华三的字同样研习“二王”、赵孟頫的楷体，在笔力上有所不足，字态软弱、不够刚劲。而且，字体结构松散，行气不够贯通。

他们均为时代所造

秦、麦两人的书法声名远播内外，被看作是广东书法的重要人物。但从书法成就来看，虽略有所成，但不足之处明显，还都未成大家。这其实是特定的时代背景所造就的，正可谓是“时势造名家”，而非“名家造时势”。

秦咢生的字，颇像现在电脑的黑体字，风格浑重厚实。20 世纪六七十年代，政治运动需要印刷大量的文字资料，恰恰需要这种大气有力的字体。而当时，电脑制字还未出现，秦咢生的字是极为合适的。

在“破除四旧”的时代，中国传统个性化、苍劲古朴、浑穆朴拙的金石、篆、隶等字体，都被看作是旧东西，遭到摒弃。规矩、圆润、呆板的“馆阁体”为时代的社会、政治所需，大受欢迎。

今天的书法家，要想取得如同古人的书法成就几乎是不可能的了，即使想拥有如秦咢生、麦华三般的成就，也是非常难的，这其中有着与传统的割裂、现实的时间局限、社会的浮躁等多方面的原因。习书者应当广研名家名帖，汲天地之精华，包古今之高远，深习苦学，方可有所作为。

如何对待非议？不要讨好所有人，专注做好自己的事情。有人『非议』说明受关注，说明自己有特色，要心存感谢。

关山月、黎雄才开画松新风

岭南画派绝不小气

关山月、黎雄才是岭南画派的代表人物，也是人们较为熟悉的艺术家。在此，笔者只讨论他们在画“松”上的对比。一方面，画“松”是中国传统书画中不可绕开的题材之一；另一方面，他们在画“松”上的拓新之举，开创了中国画新“松风”，岭南画派绝不小气。

让人听见山川的喘息声

关山月是岭南画派的代表人物，主张写实，引进西洋画法。在他画松的作品中，可以看到他用反勾勒的渗水冲墨冲色法，浓淡渲染，却不囿于传统。在我看来，关山月是站在巨人的肩膀上，探索出了绘画艺术的创新境界，其中的亮点在于他的气象、自我面貌，就是岭南画派第二代的精神所在。

评论界一度有声音称“岭南画派小气”，“岭南山水有如盆景之秀气，娇媚还带轻飘。”然而，关山月的画就有力地驳斥了这些说法。

有些人的画即使篇幅大，但线条仍然纤细，无论画面大小，其勾勒的线条基本不变。而关山月的画却不同，画越大，心境越开阔，变化也就越大。在他巨幅画作的创作中，常出现与之相应的粗线、大墨、重色。画幅越大，线条也就越奔放、粗犷，笔墨意象越恣意浩然。让人听见山川的喘息声，整幅作品挥斥着让人凝神屏息的雄浑之气。

岭南画派有关山月、黎雄才等画家，“岭南画派小气”之说就不复存在。

关山月令人坠入真境

我尤爱关山月笔下的马尾松。一般画家喜欢以“松”入山水画，但在过去画“松”的方法中，多是模仿，鲜有超越。

而看关老《绿色长城》中的马尾松，却独创一格。在清朗的阳光下，一片片郁郁葱葱的马尾松驻扎在南国海岸，与远方海水卷起的一层层浪花形成了气势雄壮之象。远看有气势，近看有笔墨，气韵生动。即便画中没有人物，但气度依然壮阔。层层马尾松，其欲动未动之神韵、开阔之意境难以企及。

每一次观看，犹如身临松林，阵阵带着腥味的海风拂面，吹动着头顶上层层针叶沙沙作响。青翠欲滴的松叶，飘飘然如抚我面，狠狠一抓，痛！原来是自己的头发。如此画画，令人如入真境。

黎雄才另辟一路

虽同为高剑父的弟子，但黎雄才的“松”却是另辟一路。

他喜用宿墨，墨迹鳞裂，如用刀削，片片而出，但亦浓淡相间，燥润相杂，墨渍繁杂之间凸显另类墨韵，观其松亦能感受其山野之味。

作画要能达到一种高境界并非易事，那要使得一般人用眼观画之余，能在画中感受到各种不同的感觉。如果画不能被人感应，不能牵动人之感情，那画本身的层次就尚未升华与超越。而黎老的松却能让人从中感觉到淳朴的泥土芬芳与清淡的枯草味。

每读一次黎老的“墨松”，就好像回了一趟乡下的深山老林，清新怡然。有次读到黎雄才一幅关于“松”的大作，松山巨石下，曲径通幽，探矿队员与马队若隐若现。其画法也特别精妙，似有版画的感觉。画作的创作水平与笔法之精到，极尽挥洒之意。

当然，从更高的审美要求角度而言，关、黎的文学素养与更老一代的大家如吴昌硕、黄宾虹相比，还略逊一筹，这影响了他们对山水境界的开拓。因此，他们笔下的山水，仍然是眼中的山水，还不是胸中的山水。

创作需要自控力

作为我们的前辈，关山月、黎雄才对待艺术创作的态度都让人敬佩。

关老认识到自己书法与诗歌创作有所欠缺，因而对待每一次创作都十分慎重，每一幅画作题词之前都会练习多次，直到自己满意为止。

我曾从欧广勇前辈那里听到一则关老写字的掌故。他告诉我，关老要送他一副对联，即时创作一副对联对一个书画家来说，并不是难事，但关老却嘱咐欧广勇前辈一个星期后来取。在这一个星期里，关山月写了数十张作品，把稍佳之作挂于门后，关起门来，天天观摩，直到送出去的最后一天仍在打磨。可见关山月严谨和审慎的创作态度。

上文述及黎雄才的那幅“松”，创作时正值“文革”之际，大家都需要创作表现生活与工作气息的作品，整幅作品的结构、题材虽是古典的，但是这人群却点出了时代的需求。

纵观关、黎二人的创作历程，文人情怀贯穿始终。即使在“文革”时期，他们仍能用传统的方法创作传统书画，在书画中寄托自己的笔墨与心态。当今不少书画创作者不仅没有寄托心境，相反更缺乏自控，别人要求创作什么，就写什么画什么，不管题材、内容是否合适，是否有价值，让人感到可悲。

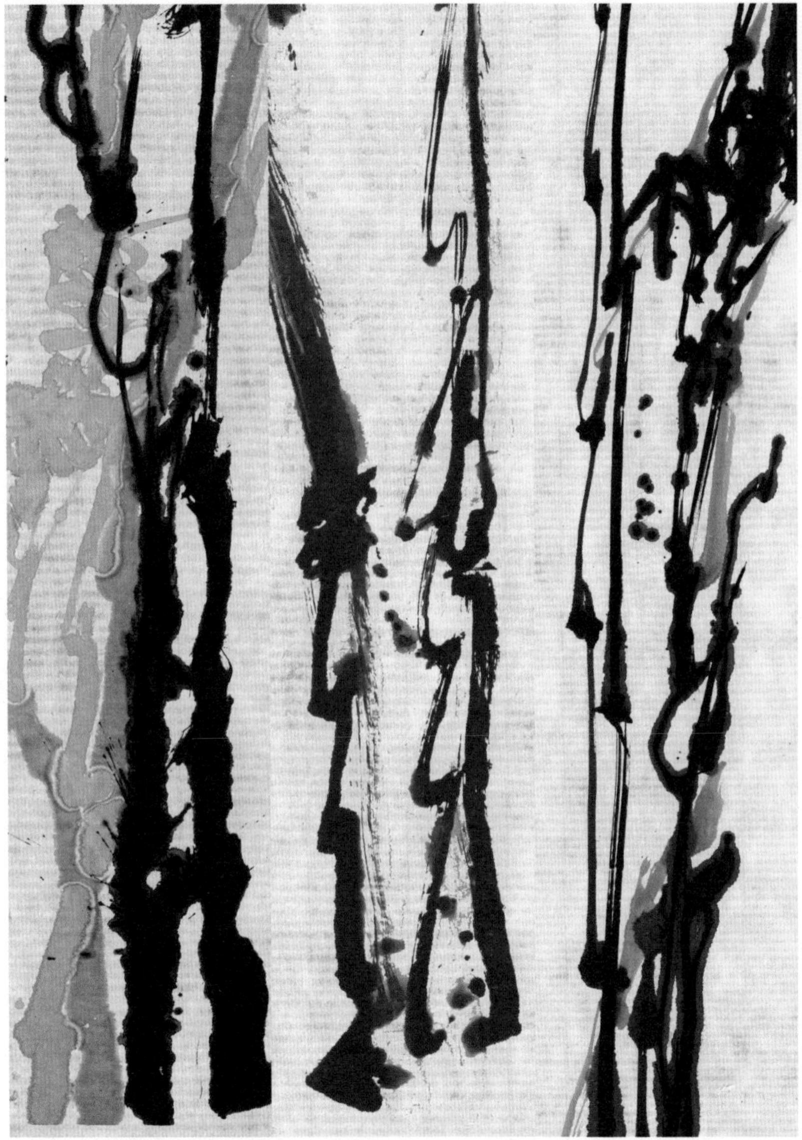

『未熟的麦穗直刺刺地向上挺着，成熟的麦穗低垂着头。为什么？因为二者的分量不一样！』书法的分量就是基础，基础扎实，低头也伟大，也有分量，深藏高度。学书法的基础就是临帖，扎实的基础才好建自己心中的大厦……学人书法，就是学人跑步；牛跑驴跑，跑不过马；鸡飞鸭飞，比不过『笨鸟先飞』。学书法从一个门入，又从另一个门出，那是鸡飞蛋打的笨蛋，那只是个走狗或沦落为『无脑的』『贪得无厌的』『好吃懒做的』『没有思想的』，被人包养起来的花瓶。人不能在一棵树上吊死，解决办法就是从许多门入，又从许多门出才是，甚至把所有『围墙』放倒，四顾茫茫心坦然。笔头超级丰富，就有了源泉。（图为钟国康用书法线条画的竹子特写）

仨大男人遇上“彪悍的事情”

——钟国康差点把贾平凹“杀”了

■ 仨大男人遇上“彪悍的事情”，钟国康差点把贾平凹“杀”了。

事情的原委请让我一一道来。

角色一：贾平凹。角色二：钟国康。角色三：木南。

故事地点：贾公馆。

2013年9月20日，由我题写匾额的铜仁贾平凹文学馆终于开馆了。我和中山大学博导谢有顺教授一起，应邀前往贵州省铜仁市参加开幕式。29日下午，我应邀到贾公馆做客，由木南先生到宾馆接我直奔贾公馆。

车上，木南说：“贾公挺喜欢你的。”我说：“我丑人一个，咋了？”“他不但喜欢你的书法、篆刻，还喜欢你的印泥、牌匾，特别喜欢你这个人。这次铜仁贾公馆就是贾公让你题的。他逢人便说你的印好。”“这不假，谢有顺也这么跟我说过。还说贾公特喜欢我送的那方‘木鸡养到’的印，逢人都说这印的内容怎么怎么好！刻得也怎么怎么好！”木南说：“你近来让谢有顺送贾公的印泥，他每次用时都说，这是大书法家钟国康送我的印泥，特好用！看他的样子，是挺欢心的。”我问：“听谢有顺说这印泥黑了一点。我让谢有顺通知贾公去买镜面朱砂印泥，不知办了没有？”木南说：“是呀，贾公早就盼着你来，他老人家老是说这印泥怎么不是钟国康的那种呢？这些都不好用，盼着你来帮他调制调制呢。”

其实这次我直奔铜仁，一是为铜仁贾平凹文学馆题字、题匾并张罗开幕的事情，二是来帮贾公整整印泥，三是来向贾公索取一篇文章的。

在铜仁贾平凹文学馆开幕后的那天晚上，我趁着贾公高兴，就把我新写的《金字招牌》样书呈递到他的跟前。贾公看了书名，翻了翻内页，说：“这话题好，没有人这样写过，应该是本好书。”我一高兴，得意忘形，接上贾公的声音，没有转弯直奔目的地说：“贾公能不能帮我为这本书写点什么？”没想到贾公接话也飞快：“太忙了，今年任务太重，安排不了时间。”我就这样遭到贾公的拒绝。

说着想着，车就到了贾公楼下的茶馆停车场。我进去要了根拖把棍，等会儿用来为贾公调拌印泥。手握着拖把棍，像乞丐握着打狗棍，直奔贾公馆。

敲门两声，就听到熟识的声音。贾公一脸笑容，嘴上礼貌地用他的陕西腔招呼，不轻不重的，也不管我这个广东腔听不听得懂。他一直说到我们坐下来，然后自己进厨房倒茶去了。这时我也跟着进厨房，把贾公倒的那两杯茶端了出来，再抱着属于自己的那杯茶，像聆听教诲似的看着满屋的佛像和坛坛罐罐。贾公似乎听到书橱里发出的某件物品因风干而爆裂的声音，风趣地说："好朋自远方来，家私不亦乐乎？"我接上话题："无心哪得佛宠，真好感觉师知。"我们会心一笑，这你一言我一语的气氛，没有深思的释然，感觉自然大好。这时我把话锋一转，指着书案上我送的印泥，说："贾公，这印泥怎么样，好用吗？"贾公说："好用，好用！只是碳黑了一点。"

我心想，这次贾公拒绝帮我写文章，是有他的道理的。我不能怪人，也没有怪人。不勉强别人，就是不为难自己。下次见面还是要像往日般勤快，做我的专长。人家不太上手的事情，就是我分内的事情。我为我喜欢的人忙碌，他会看在眼里的，会有好回报的。

三毛曾说："我不欠钱，这使我安心。"要我说："我不欠人家的，这使我安心。我让人欠我的，这使我更加安心。"

这时，我的语气欢乐了起来："印泥不搅拌，用时永远不能顺心顺眼。书法家有好笔、好纸、好墨，还有好印泥，就会愉悦尽情地书写。好笔、好纸、好墨，有钱容易搞到，好印泥有钱也难买到。像我用这么大碗印泥的人很少见，散包装的印泥都是小包，一块一块的，融在一起，大印怎么用呢！因此只能让我来搅拌。"

我捧着贾公一碗满满的足有三四斤重的印泥，一看，这印泥咋能用呢，都结块结板了。我思考着怎样搅拌的问题，唤贾公去找一个大很多的碗。小碗换大碗，印泥不肯换窝，黏糊糊的就是换不了碗。于是贾公也拿来了螺丝刀帮着拨印泥。在三个大男人的努力下，小碗换大碗，终于成功了。

我拿起"打狗棍"就拌起来……

贾公从我手上接过那换下来的小碗说："这碗是古董呢。"问我，"能洗干净吗？"我说："印泥好洗，你用洁厕灵洗洗就可以了。"

说者是经验，洗者是心急。

没想到贾公还有一套，先用洁厕灵，见效果没我说的好，他突然灵机一动，把洗洁精、洗手液、洁厕灵混为一体。于是乎，效果相当的强，相当的快。可快要洗干净的时候，起了化学反应，顿时臭气冲天，犹如化学武器，弥漫开来，异味充满了整个房间的角落，眼睛难受，头痛、恶心、胸闷气短、呼吸困难，咳嗽声一声比一声强烈。我听着不对劲，唤木南兄下楼看看。不一会儿，木南扶着贾公上了楼，贾公口中念念有词地说："我中毒了，我中毒了！"贾公手抚胸膛，咳声不断，"闷！闷"地叫。我看在眼里，痛在心里，怜悯之情油然而生："悠着点咳，悠着点咳，咳坏了喉咙就会发烧的……"

这时我责怪自己，怎么能让贾公去洗那古董碗呢。我懊丧着，随即惊吓出一头汗珠，汗珠重重地滴在地板上，溅落在古董表面，古董表皮遇水发出裂破声，犹如爆炸的声音，喷射我的耳膜，耳腔空谷乱作一团。我的脸色也随着贾公"闷！闷""难受！难受"的叫声，以及贾公青色的脸一起难看起来。

我们只好把贾公送医院，吊针，吸氧，抢救……

在下楼送医院路过那约 2 平方米的"案发地"——洗手间时，那气味还没有完全散去，我快速把所有门窗打开，心就像被洗衣机绞过千百次的衣服，绞在一起，特别疼，有一种负罪感。

在医院里，我和木南兄满眼忧伤，心就像打碎的玻璃，精神拾

图为钟国康想着贾平凹在洗印泥碗时发生的化学反应，差点「杀」了凹公先生而做的歉意鬼脸。

也拾不起来，情绪犹如掌纹一样错综复杂。

“天嘛！是刮风下雨的。地嘛！是长花长草的。”天和地合起来，好种心爱的花草。可是贾公却把洗碗和洗马桶的洗涤剂混在一起，用来洗他心爱的古董碗。这风马牛不相及的东西，汇合到了一块，那不是化学武器又是什么呢？真是狗撵摩托，羊吻排气筒，不懂科学的家伙，一个伤腿，一个伤嘴。

但愿在医院里受到惊吓的是我，而不是贾平凹。我看到吊瓶就不敢再说话，即使说话也不敢再看贾公的脸……

贾公好像也看出我的内疚，说：“这是我的事情。”这时，我仰天一笑泪光寒，把泪一吞，赔笑道：“真的不好意思，差点闹大了。”随即额头上沁出了一层细密的汗珠。

出事的那一天是2013年9月29日。我是最没记性的人，可是我却以“爱你一生，越久，易久”的谐音方式把这日子记了下来。

钟国康遇上“彪悍事”，彪悍地霸占了一个记忆，是上天给我的磨练吧……“从无字句处读书”，从事件中吸取教训，但愿读到我这篇文章的人，不要再犯我和贾平凹所犯的错误。

贾平凹与钟国康合照。

贾平凹说这是半边西瓜

■ 2016年7月6日下午，我和我太太“娜姐”、李刚、木南见贾平凹老师去了。在盛夏的阳光下，我和贾平凹老师拍了张照片。贾平凹老师说，你们来西安见我，钟国康只拿了“半边西瓜”见人。你们说怎么可能呢？不过对我们这些五六十年代出生的人来说，大热天去串门，拿着半边西瓜去见人，是经常的事情，只不过现在好像就不合情理了。我看着这张照片，就怀念起我们小时候的朴实与朴素来，还忆起了过往的艰苦……

半边西瓜与一碗印泥是何等神似啊！

钟国康从吃着“半边西瓜”长大，到现在每年能常常用去一碗头印泥，这是何等大的进步呢？今天钟国康又有了小进步，不但能为自己调制印泥，还为他人调制起了印泥……是的，当我捧起几年前为贾老师调过但还未调好的印泥时，贾老师说：“为了这碗印泥，我差点丢了性命呢。”

吃晚饭的时间到了。贾老师嘴上边说着，边引我们到对面街去吃饭。过马路时，贾老师主动牵着我的手，过了那条车水马龙的路。

一个能细心观察写好文章的人，一个现实生活中同样细心的人就在我眼前。我想，这应是我心目中的尊敬的亦师亦友的人了吧。

图为钟国康在现场挥毫。

鱼（余）乐

自笑平生为口忙

学书法从简引人就范

■ 走自己爱走的路，临自己爱临的帖，写自己喜欢的文字，不学、不临、不写、不创新就会出现真空。记住！精神比大自然更讨厌真空。

临帖就是学古，学古人的精华，学古人总结出来的经验。诸葛亮说：“夫志当存高远。”孟子说：“士贵立志，志不立则无成。”李白诗曰：“大鹏一日同风起，扶摇直上九万里。假令风歇时下来，犹能簸却沧溟水。”

学篆书入门就是最简入门法。篆书搞懂“横、竖、弯”三笔画基本就可组成所有字。比如写个“中”字，左一个向右弯，右一个向左弯，上面一横便成了“口”字，“口”字中间一竖，便成了“中”字。把所有对称字严格写一遍，篆书结字法就基本解决了。篆书特点是所有笔画和头尾一样粗细，特别是铁线篆。篆书的“点”就是“横、竖”短写，“撇、捺”就是“横、竖”左斜、右斜。

临帖要有高度和方向，更要有一定的数量，具备了一定的数量后，才能具备一定的操作性。操作性，要落实到点上，这点就是“点、横、竖、撇、捺、提、折、弯、勾”。临帖最后就是创作。创作的高度，是要有自己的面貌，写自己的思想，有古人还要超越古人的思想境界，这是一种边临边创作的强心训练 。选碑帖里最精彩的一个字来临，来创作。先一字轻墨临似帖，一字重墨有自己，再逐步集二字、四字、六字、八字句，然后深入有内涵、有自己，最后直至十全十美。基本做到字字有解，查有出处，出处意加上你写它之意，每字皆有内涵。越悟越清，越悟越精，越悟越正，越悟越深，越悟上手越快。

破石夺其坚，磨丹夺其赤，守白夺其黑；低眉而不屈，高仰头颅气如虹；昂昂千里江山，不做随波逐流之舟。最后找自己的书写语言，自己的笔画特点，成全自己的个人面貌。真可谓陆游所吟：“人生不作安期生，醉入东海骑长鲸。”

大印
鍾國康詩、書、畫、篆刻現场創作
2016年7月9日上午10時
開啟六小時騰訊全程同步現場網絡直播
現寫，現展，現藏
自笑平生爲口
木南

鬼神合吉凶

磨墨送日

龙骧豹变

钟国康做了三世人

■ 我今年183岁了，因为我做了三世人的事情。公元1957年出生的我，今天61岁了，三世就是183岁了。

节日本身不会快乐的，而我会自己快乐，所以，我每时每刻都在过节！我过节亦邀请你们过节，我快乐你们也快乐了。

过节是一种感觉，《新唐书》中说："慢者过节，急者流荡。"如我做篆刻这一件事情一辈子，就是漫不经心地做了一辈子，如果我只做三五年不做了，那就是对自己没有信心，对自己不认可；对自己不认可，就是与自己产生矛盾和纠纷，虽然这也叫"过节"，或叫有"过节"，但是这"过节"与欢欢喜喜的"过节"相反了。

很多人一见我就说你怎么那么忙，每天都见我做很多事情，每天都在写写、画画、刻刻、写作什么的，问我怎么工作的。我说我是工作狂，是精力旺盛甚至精力过盛的人，所以每天从凌晨三四点开始工作，直到晚上十一二点止，合计工作19小时，减去吃午饭1小时，午睡半小时，晚饭1小时，浪费半小时，每天工作16个小时。看看机关上班一族吧，每天上午9点上班，准备1小时后正式干事，11点半或12点吃午饭合午休到2点半，3点开始干正事，5点半、6点下班，合计至多6小时。综上所述，我一日干了他人三日工作量，我没有休假日，我的三世时间就突显了出来。

我说是的，这三世真是干出来的三世，不是虚玩的三世，是实干兴邦的三世。

三世因果循环报应，为的就是丰富生活质量。有人说，你天天工作没有质量。我说，天天干自己喜欢的事，心情甜蜜高兴，未见沮丧痛苦，只见欢乐、喜悦、眉飞色舞、轻松愉快，只求心情快活。所以，最近我每隔一两年就出版一本心喜之书，在全国开了几家印馆，用我认可的生活特供品牌，如大树茶、沉香、崖柏、黄花梨、山东泰山玉、猫屎咖啡、铁皮石斛、洛川苹果等，并在娱乐、生活、收藏、出版、诗书画印创作以及人情等方面全不误，怎样！

千载一会，愉悦一己心情，虽然无电灯泡发出特别光亮之光辉去照亮他人，但自照足矣。

生活苟且不重要，但一定有梦还有诗。（图为展览装裱团队的工作状况）

厚道时迈

■ “厚道时迈”是我多年前写的句子，记得当时深圳朋友嘱我要写“厚德载物”，我说我不写，要写就写自己的句子。接着我又说，我可以保留“厚德载物”的大意或保留个别字眼。数分钟后，我脱口而出，就写这四字吧：“厚道时迈。”

做人厚道即是德，做人都做不好了，又怎与时俱进呢？

故此做人最高的境界就是厚道，精明最高的境界也是厚道。

今天把旧事拿出来说，是想让做茶壶的师傅给我做一把自用茶壶罢了，然后把这四字刻于壶上。

做人须要“厚道”才能“时迈”。茶道，茶道！泡茶只要泡出温厚之味来，我认为便是有道了。

哈哈！拙见也，心得也！

图为深圳市原市委书记李灏先生在读2017年4月21日《深圳晚报》头版《勒石铭记——习近平总书记对广东工作重要批示》的连版大头条。

勒石铭记
习近平总书记对广东工作重要批示
Weibrand

钟国康与自己『顶天立地』的作品合影。

大唐
木鷄養到

木鷄養到

每个人都有一个恒场，需要开发才会光芒万丈。一般人五十来岁后就开始养老或退休了，唯有思想家、文学家、哲学家、书画家没有退休的年龄。艺术家相反越老越值钱，这是我二十多岁前便知道的事情，所以我很早之前，就计划了我的人生步履直至我的三世。

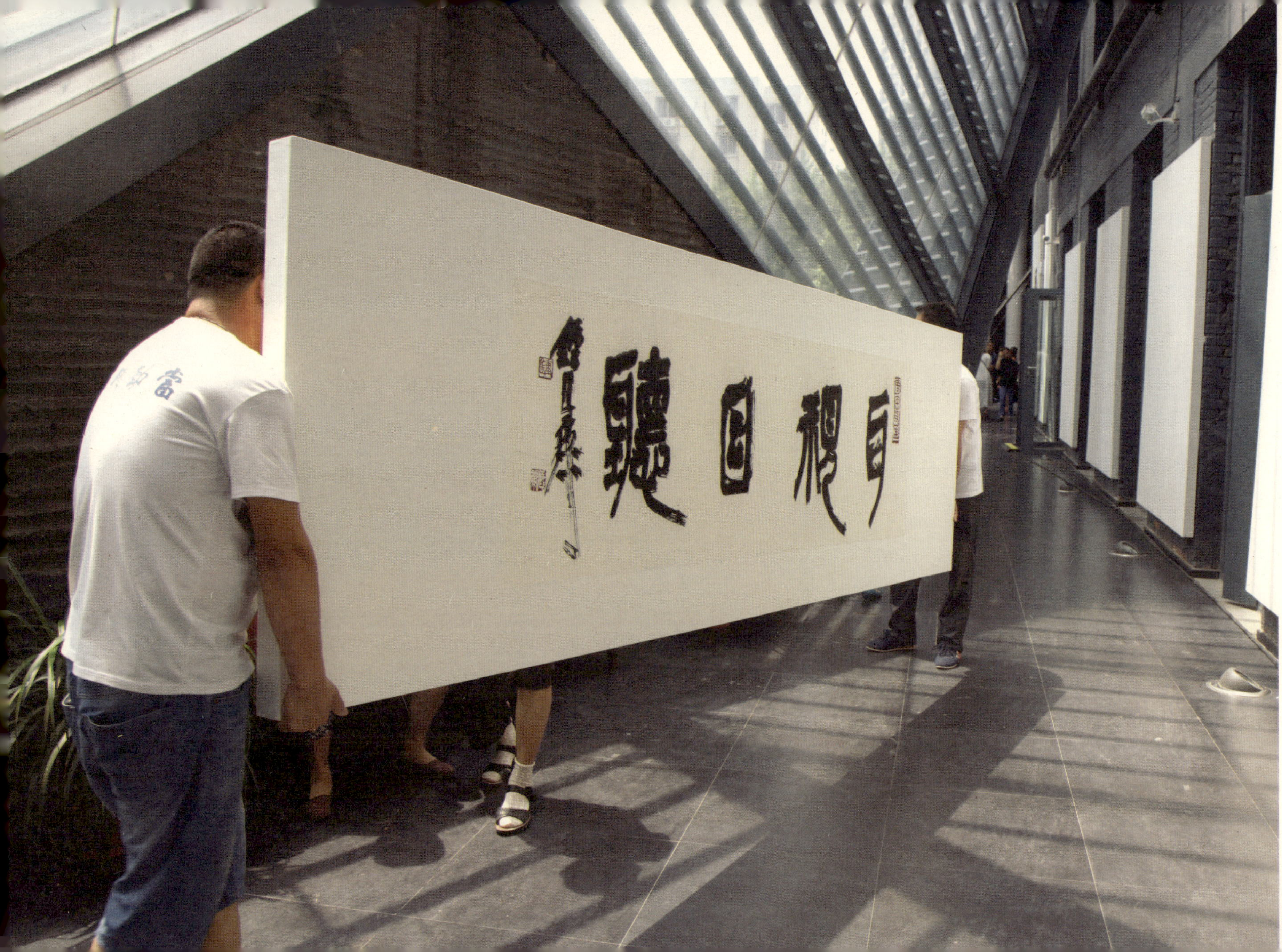

钟国康巨幅作品在装挂中。

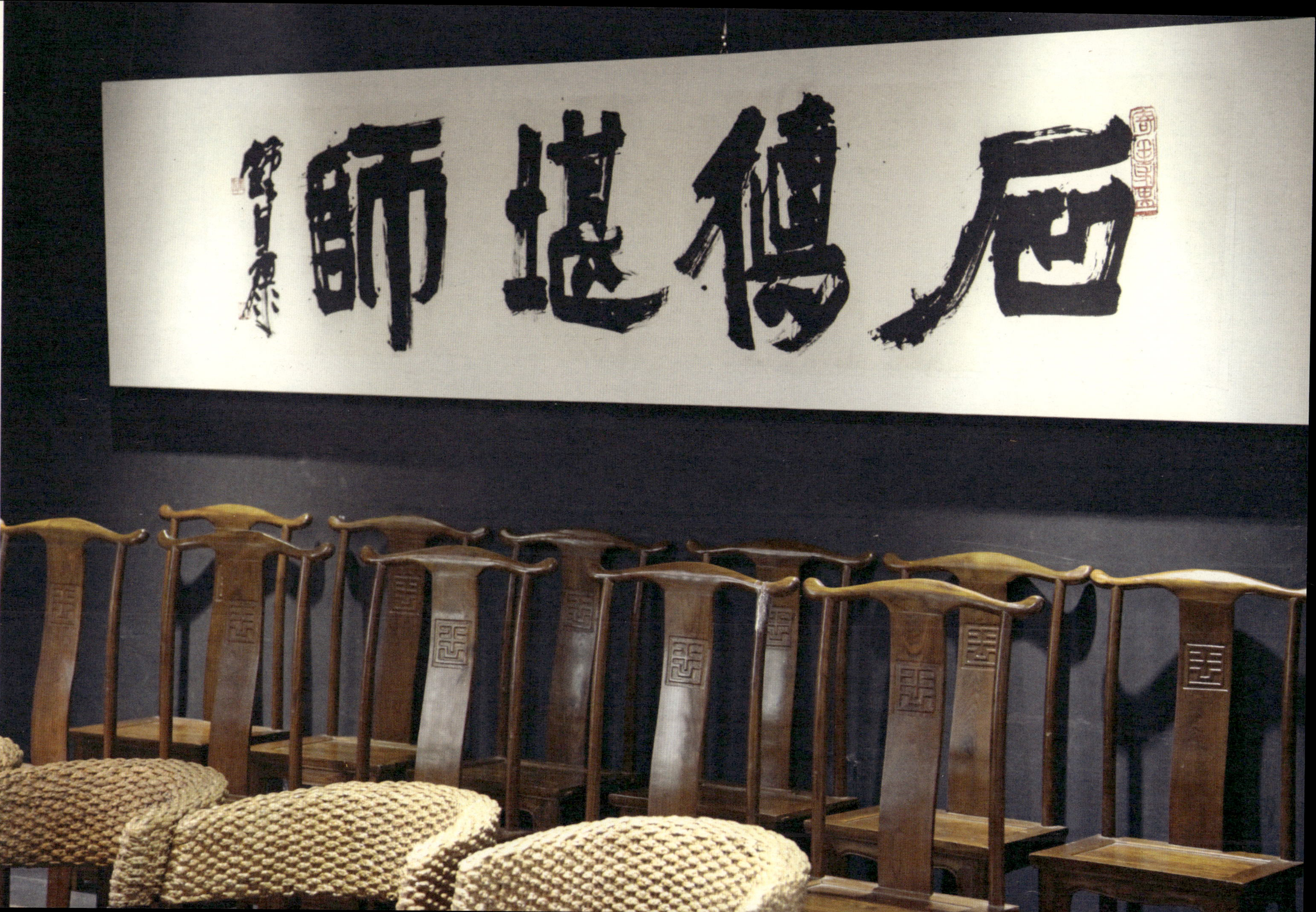

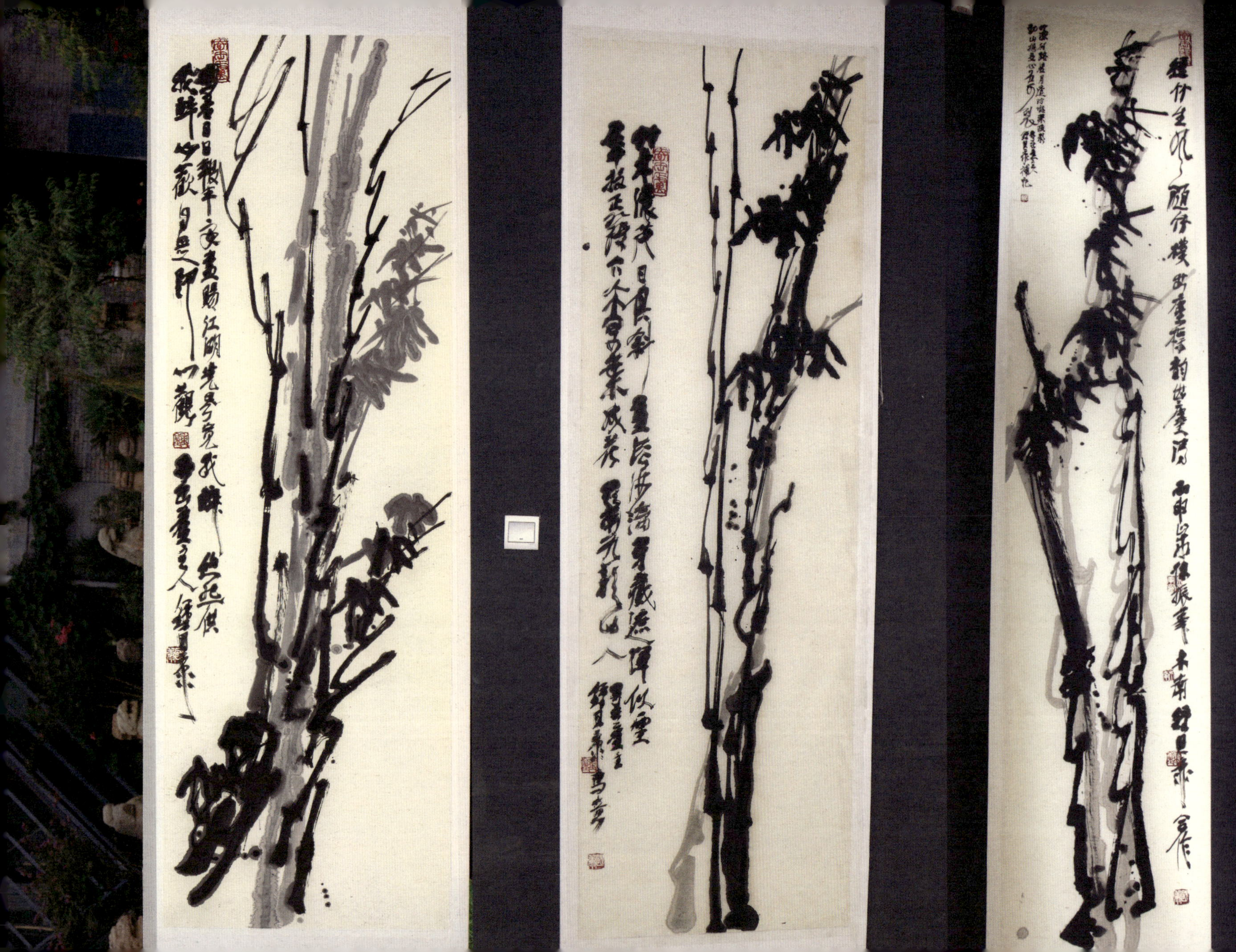

水成气无形，水结冰更坚。冰虽为水，却比水强硬百倍。越在寒冷恶劣的环境下，它越能体现出坚如钢铁的特性。这是人们所说的『百折不挠』的境界。（图为『印回大唐·钟国康诗、书、画、篆刻现场创作展』的作品展示效果）

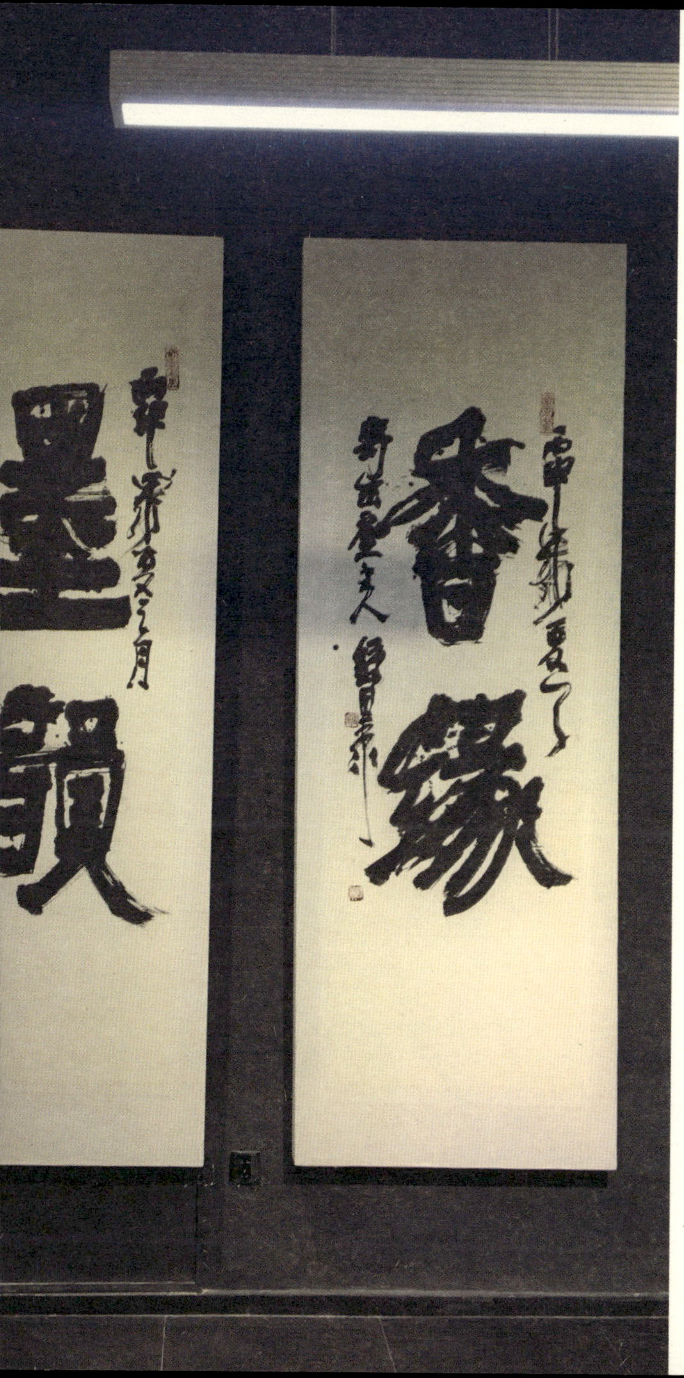

梦回大唐

款文：

丙申岁夏日，寄缶庐主人，钟国康。

印鉴：

寄缶庐、钟、国康。

木鸡养到

款文：

丙申岁夏之月，寄缶庐主人钟国康。

印鉴：

寄缶庐、钟、国康。

墨韵

款文：丙申岁夏之月，寄缶庐主

钟国康。

印鉴：寄缶庐、钟、国康。

香缘

款文：丙申岁夏天，寄缶庐主钟国康。

印鉴：寄缶庐、钟、国康。

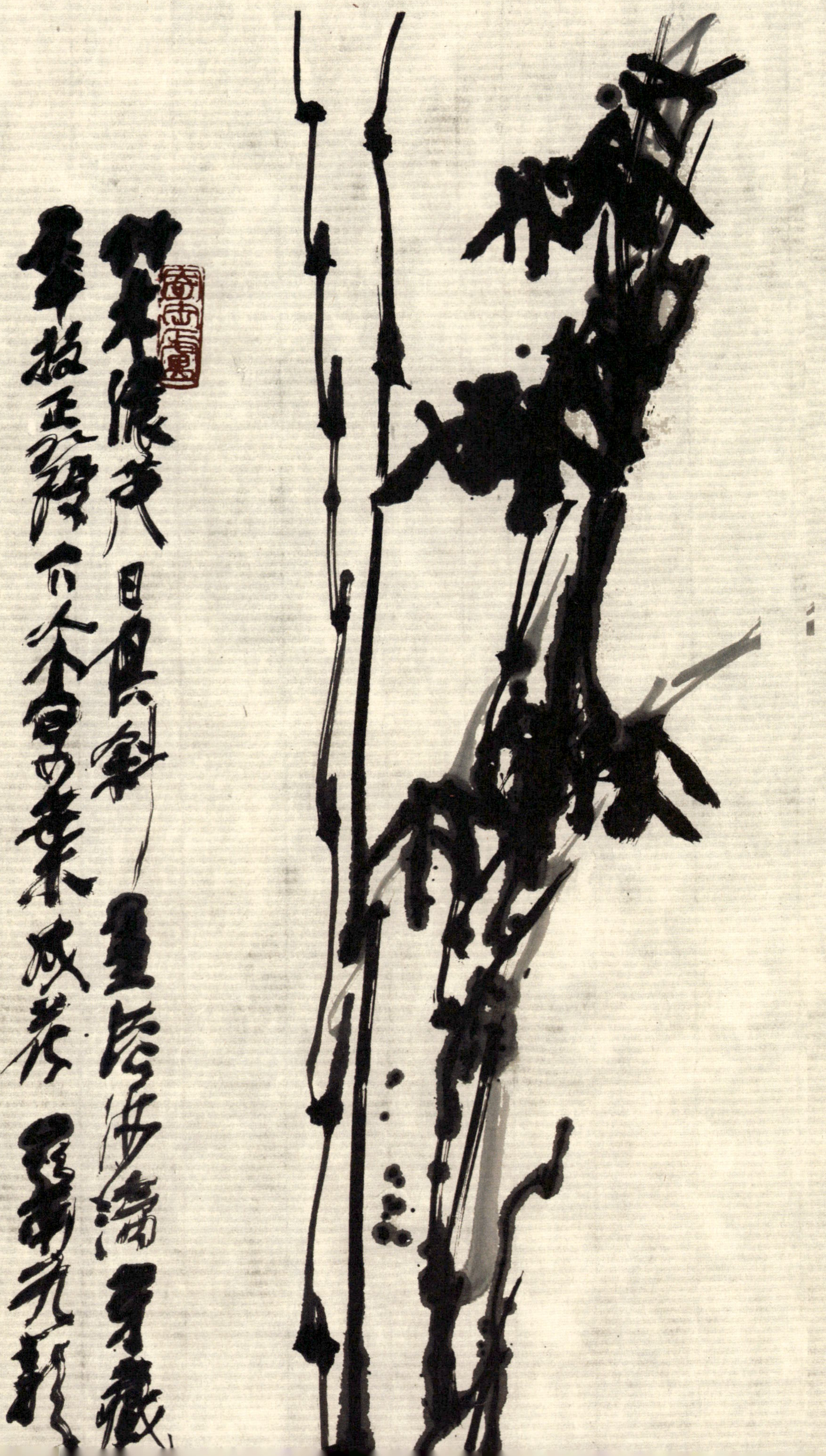

竹林浓茂日俱斜，墨法淋漓芽藏遮。
浑似灵犀枝正发，介人个字叶成花。

款文：
岭南九龙山人，寄缶庐主，钟国康写意。
印鉴：
寄缶庐、钟、国康。

凭君日日报平安，尽赐江湖境界宽。
我醉悠然供我醉，心欢自是即心欢。

款文：
寄缶庐主人钟国康。
印鉴：
寄缶庐、钟、国康。

枝丫少叶亦深深，节节风骨节节心。

徐振华、木南、曹建仪、钟国康合作。
印鉴：寄缶庐、徐振华、木南、曹建仪、钟、国康。
（注：右下角徐振华先生诗句补款省略）

钟竹生风 随竹朴，出尘标韵出尘清。
丙申岁，徐振华、木南、钟国康合作，
印鉴：寄缶庐、钟、国康。
又款：竹深村路碧，月透玲珑深。疏影动山摇，交心石可裂。寄缶庐主人，钟国康补记。
印鉴：徐振华、木南、钟、国康。

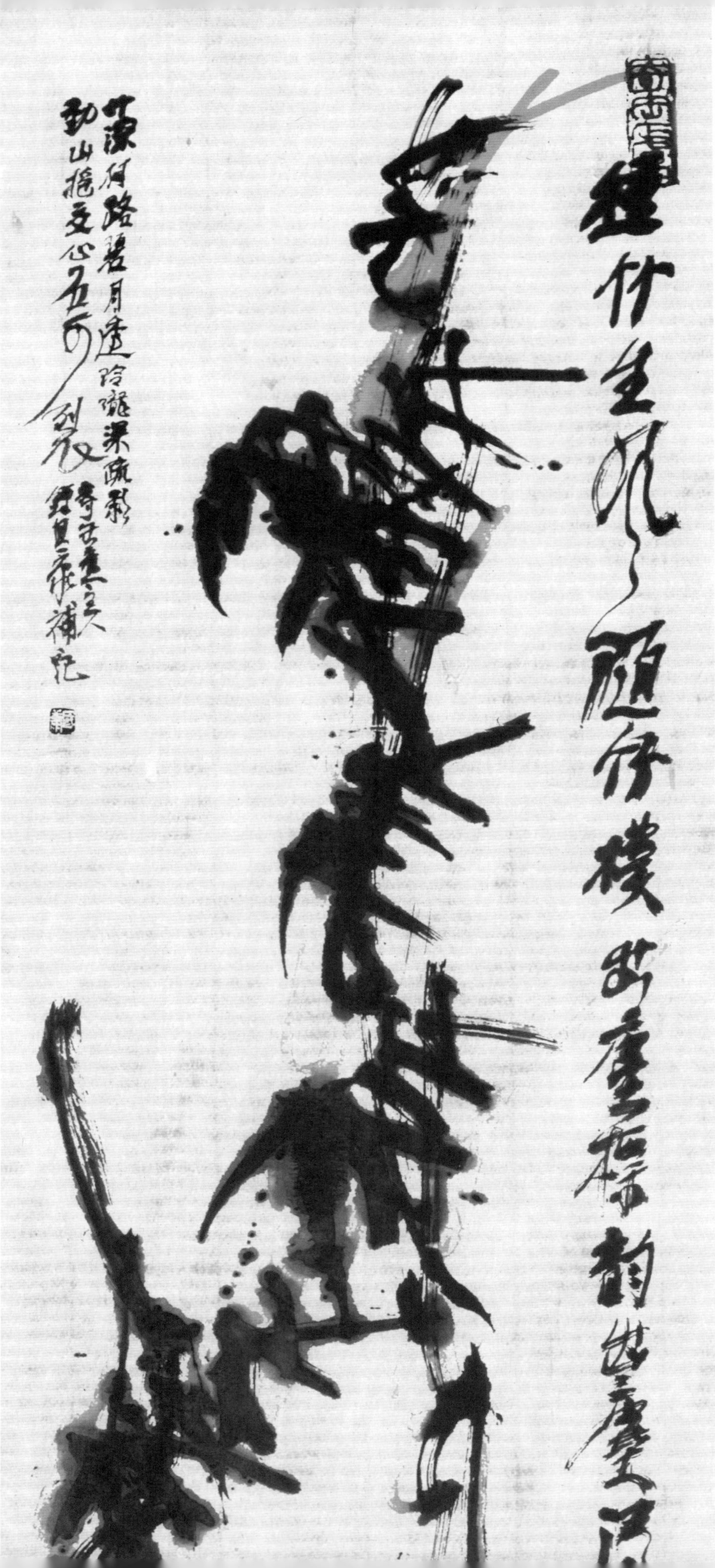

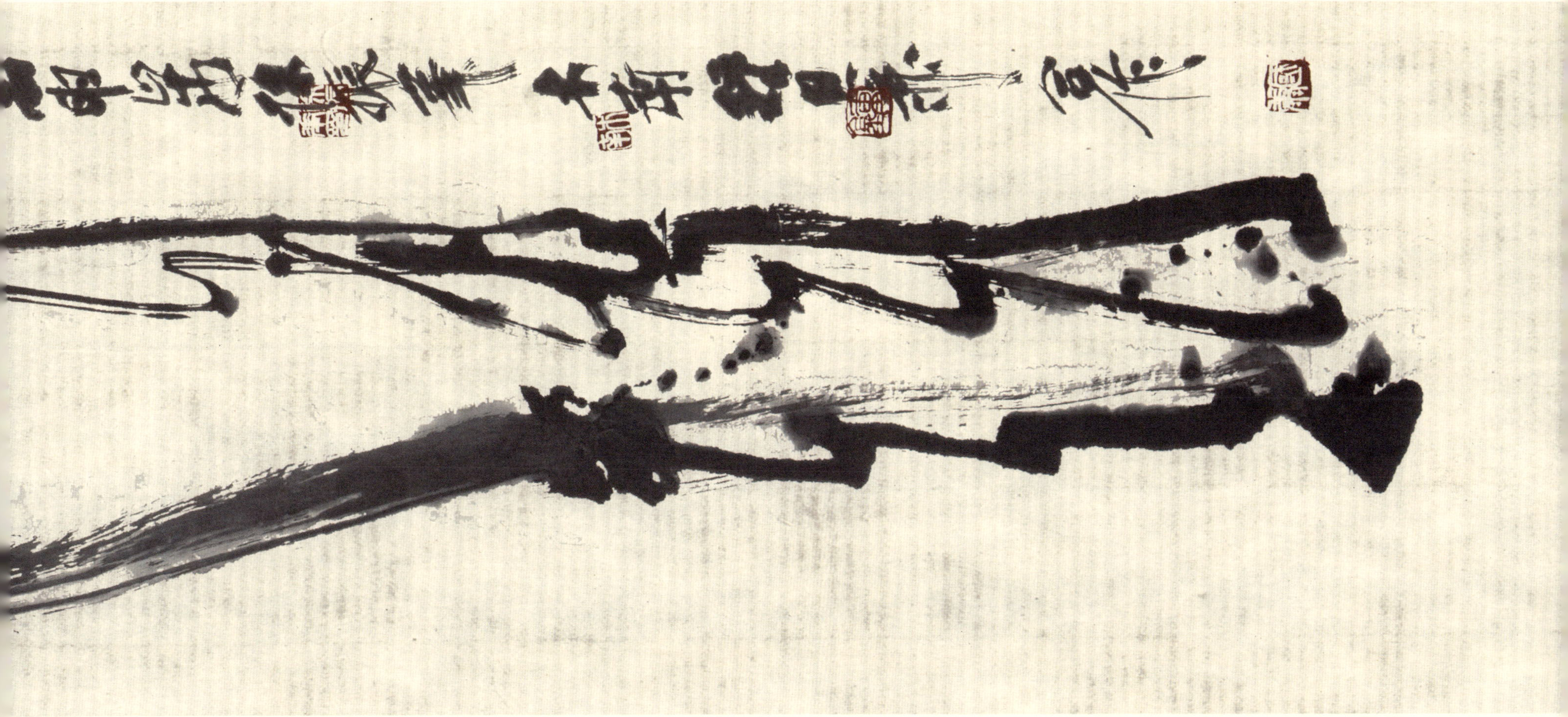

墨法灵精墨气湿，醉魂共魄泼漓淋。
国康 画。
印鉴：寄缶庐、钟、国康。

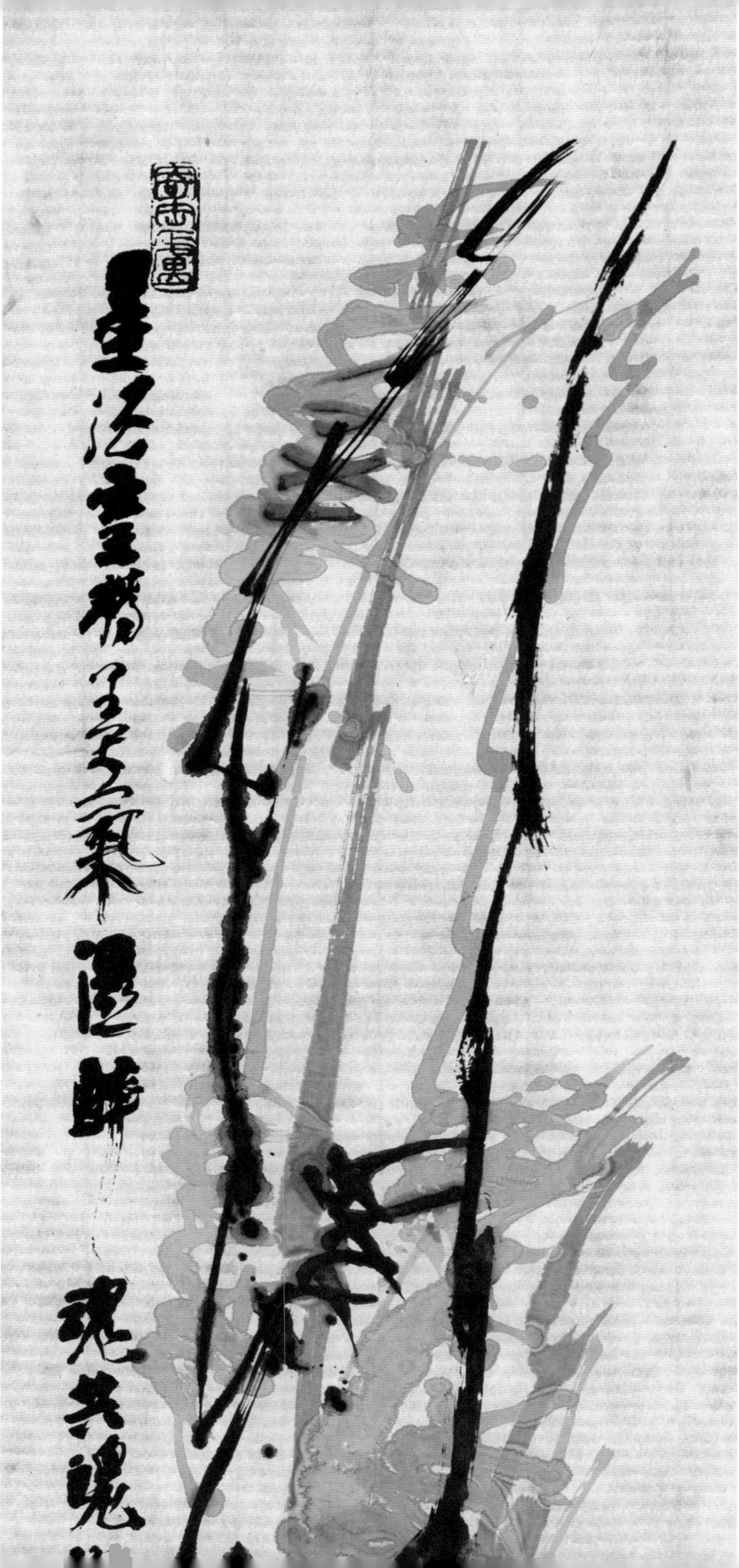

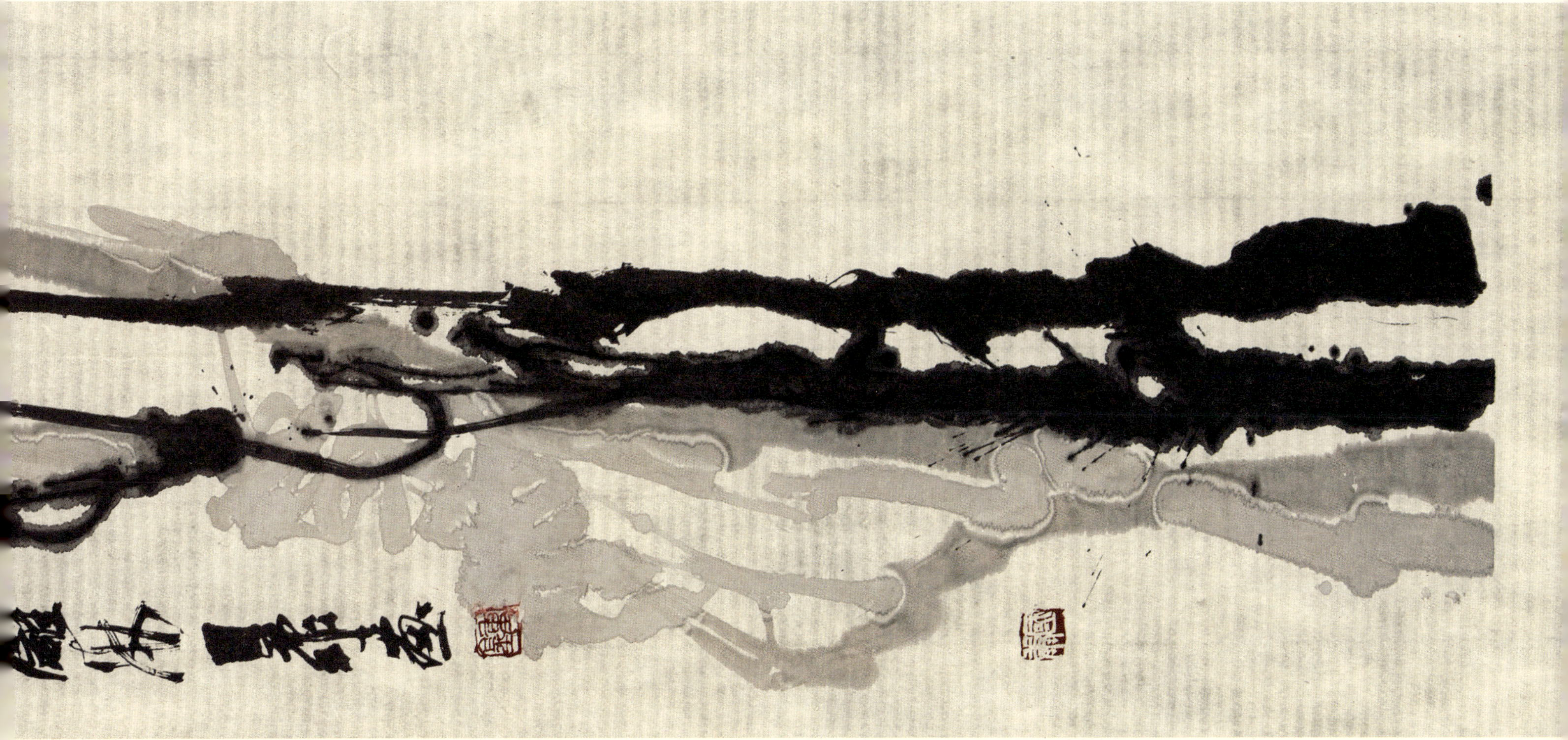

秃管金钩字
南门书画

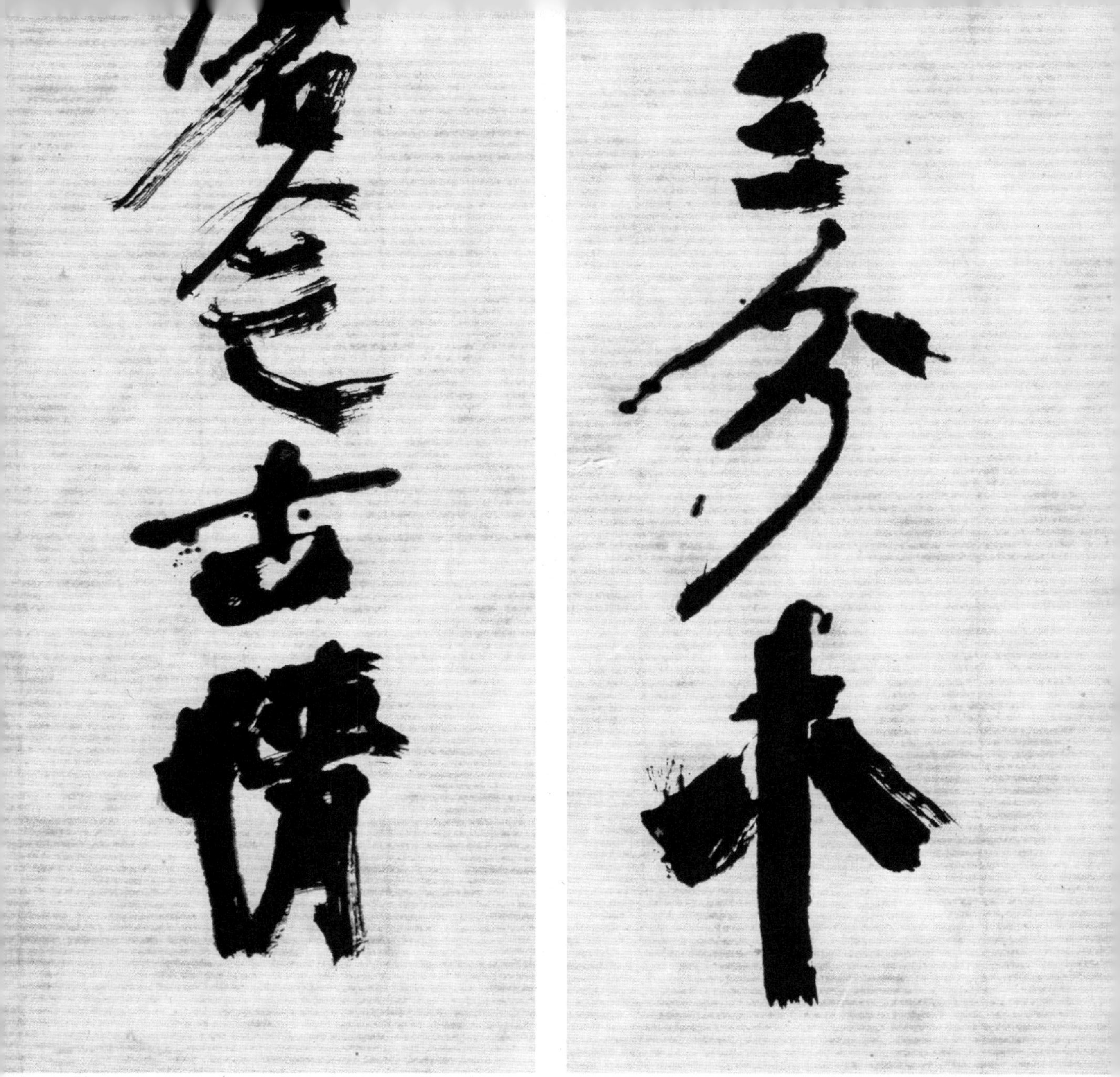

秃管金钩字入三分木，南门书吧墨磨今古情。

款文：

丙申岁书为木南吾兄正之。岭南九龙山人，寄缶庐主钟国康。

印鉴：

寄缶庐、钟、国康。

窗收两岸阔，砚聚半池浓。

款文：

句集王湾“潮平两岸阔”、陆游“古砚微凹聚墨多”诗意，射贾公高名以为隐名联语也。岭南九龙山人，寄缶庐主，钟国康。

印鉴：

寄缶庐、钟、国康。（为贾平凹造联）

匯集文圖
稽微源委

汇集文山共海语，和成源委作龙图。

款文：

丙申岁，吉时吉日吉墨也，岭南九龙山人寄缶庐主钟国康。

印鉴：

寄缶庐、钟、国康。（为汇和源画廊造联）

車騎太盛

牢骚太盛烦人恶，作态吟呻苦艰难。

款文：
寄缶庐主人钟国康。
印鉴：
寄缶庐、钟、国康。

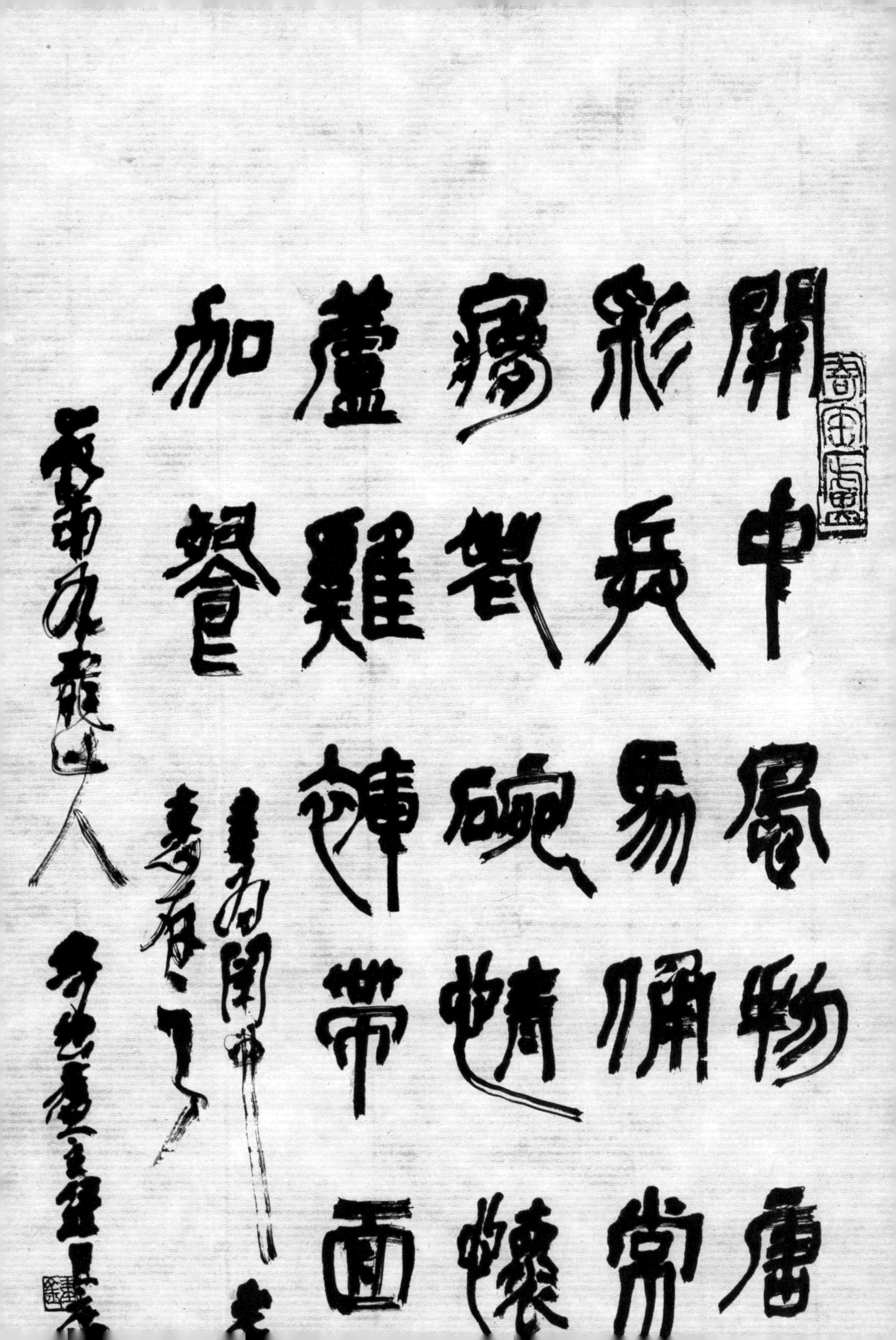

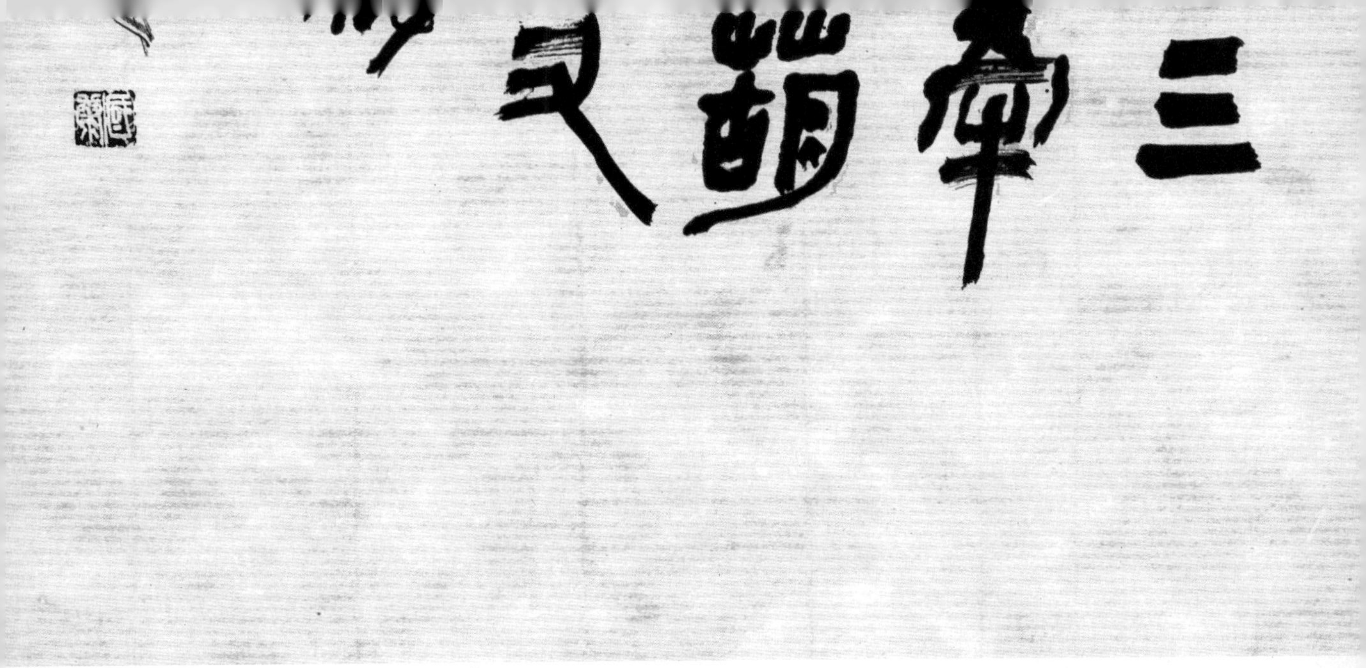

关中风物，唐三彩，兵马俑常牵梦；
老碗情怀，葫芦鸡，裤带面又加餐。

款文：

书为关中老碗惠存之。岭南九龙山人，寄缶庐主钟国康。

印鉴：

寄缶庐、钟、国康。

我山我畏於幾格衆彊
惟觀輕克諱彩不義破
鬱壁氣真酸雨尖風奔
出窮困倒身穹蒼栗欄
一笑面容非古人

倒下加西母字

吾髫齡即弄筆墨苦無師承平生畫之而已
周老承祚黃八老文寬二先生初識門徑上臨秦漢碑刻下於
張長公王覺斯吳昌碩諸家又識書之為藝也窺見之津涂
浸漬一十年間不知可疲也
壬戌九秋北人青藤書屋

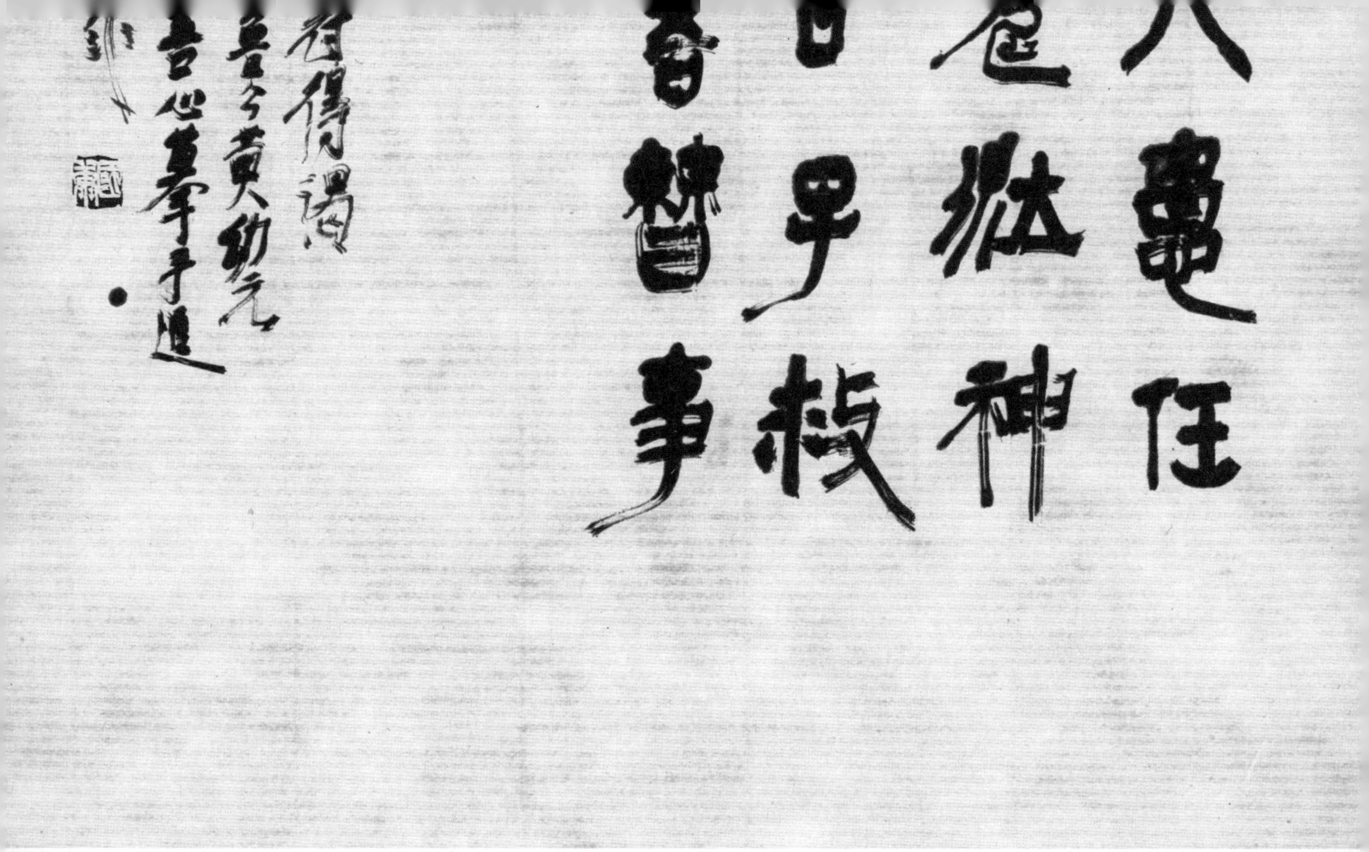

我以我思行我法，不强人意任惟亲，
韬光讳彩天机破，鬼泣神惊性气真；
酸雨尖风奔日子，救生穷困倒霉身，
穹苍不测吾糟事，一笑面容非古人。

款文：

倒下加霉字也。吾髫龄即弄笔墨，苦无师承，率意为之而已，及冠，得谒商老承祚、黄老为宽二先生。初识门径，上临秦汉碑刻下及颜公、黄幼元、张长公、王觉斯、吴昌硕诸家。大哉，书之为艺也！窥其藩篱，且惊且喜，心摹手追，浸渍其间不知所疲也，岭南九龙山人，寄缶庐主钟国康。

印鉴：

寄缶庐、钟、国康。

後功蓋僧留千古松鶴
翠異谷案藉黑猩乘亂相
地塘邊茶藏到護庭耕耘
白日中天向老翁 木植溪
世香風隔代 記憶多

俊功盛德留千古，松老鹤风落翠花。
公察善思理不乱，祖翁田地塘边茶。
藏头护尾耕耘早，白日中天向老爷。
木植溪山荫瑞世，香风隔代记情了。

款文：
寄缶庐主人，书沉香诗也，钟国康。
印鉴：
寄缶庐、钟、国康。

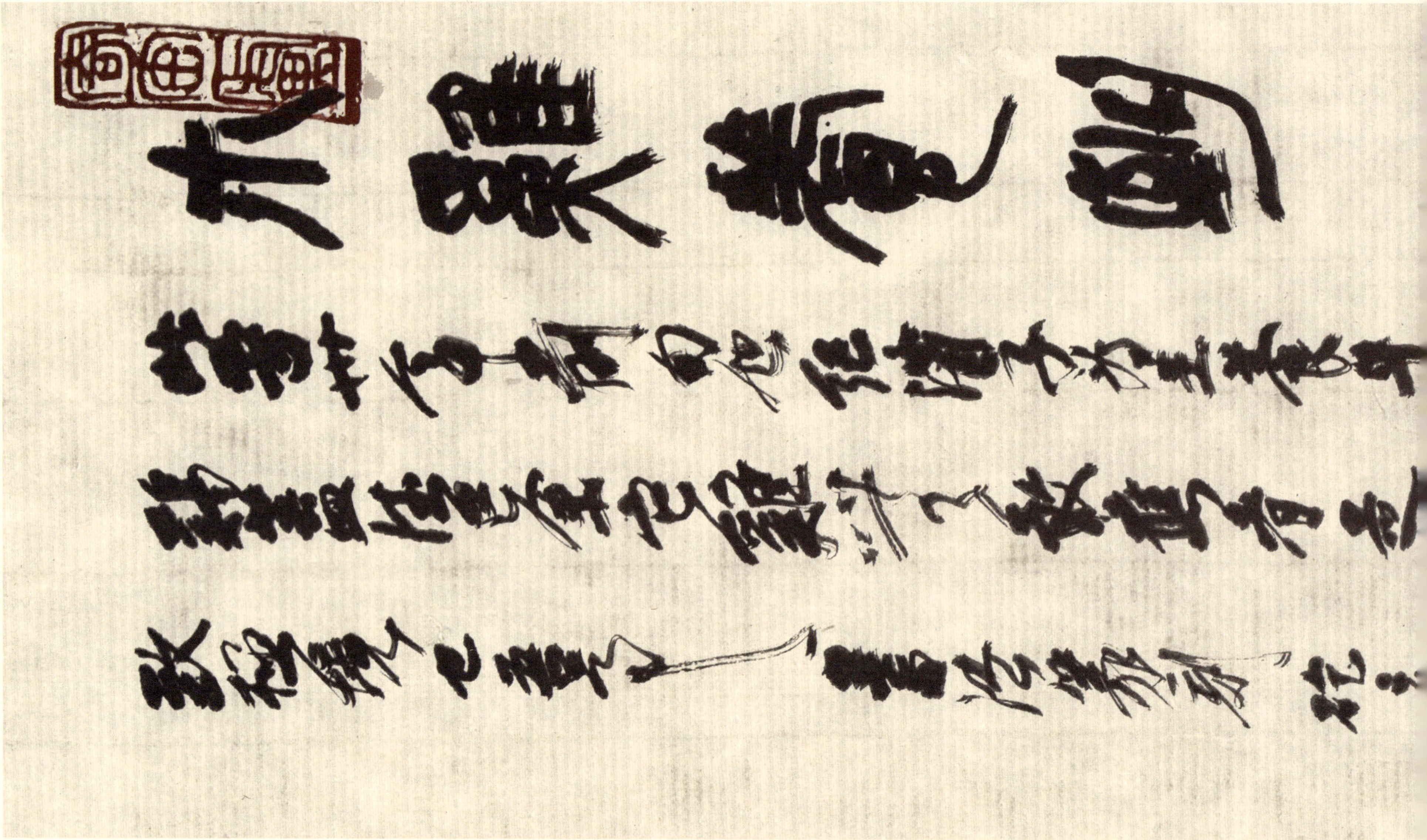

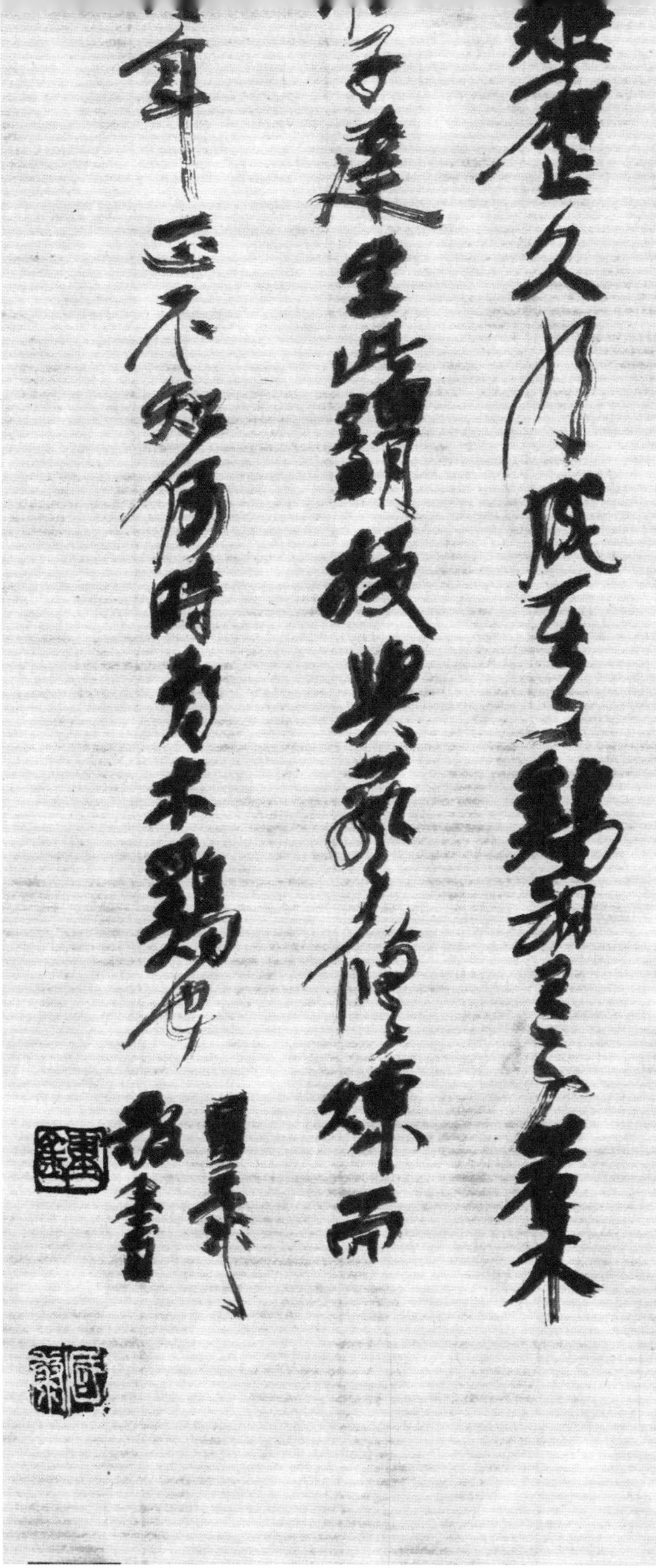

木鸡养到

此书，三十年前句也。纪渻子为王养斗鸡，历久乃成，其鸡望之若木鸡，盖德已全，它鸡无敢应者。《见庄子·达生》：此谓技与艺，修炼而至于极境也。吾事书法篆刻，矻矻终年，正不知何时为木鸡也。

款文：国康敬书。印鉴：寄缶庐、钟、国康。

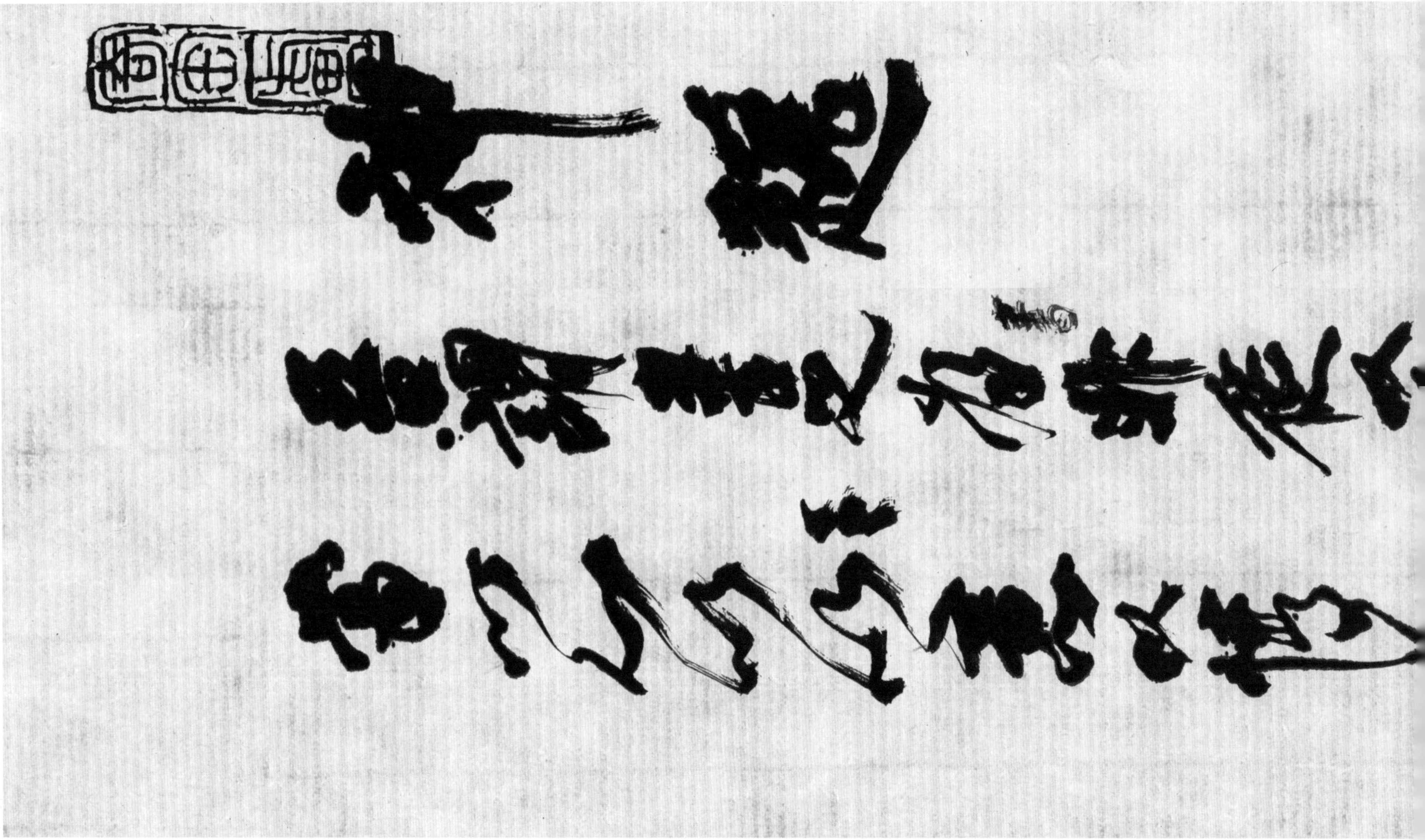

神逸
吾谓书之为书，非徒以纸，以笔，以墨耳，当以心，以意，以情也。
款文：岭南九龙山人，寄缶庐主钟国康。印鉴：寄缶庐，钟，国康。

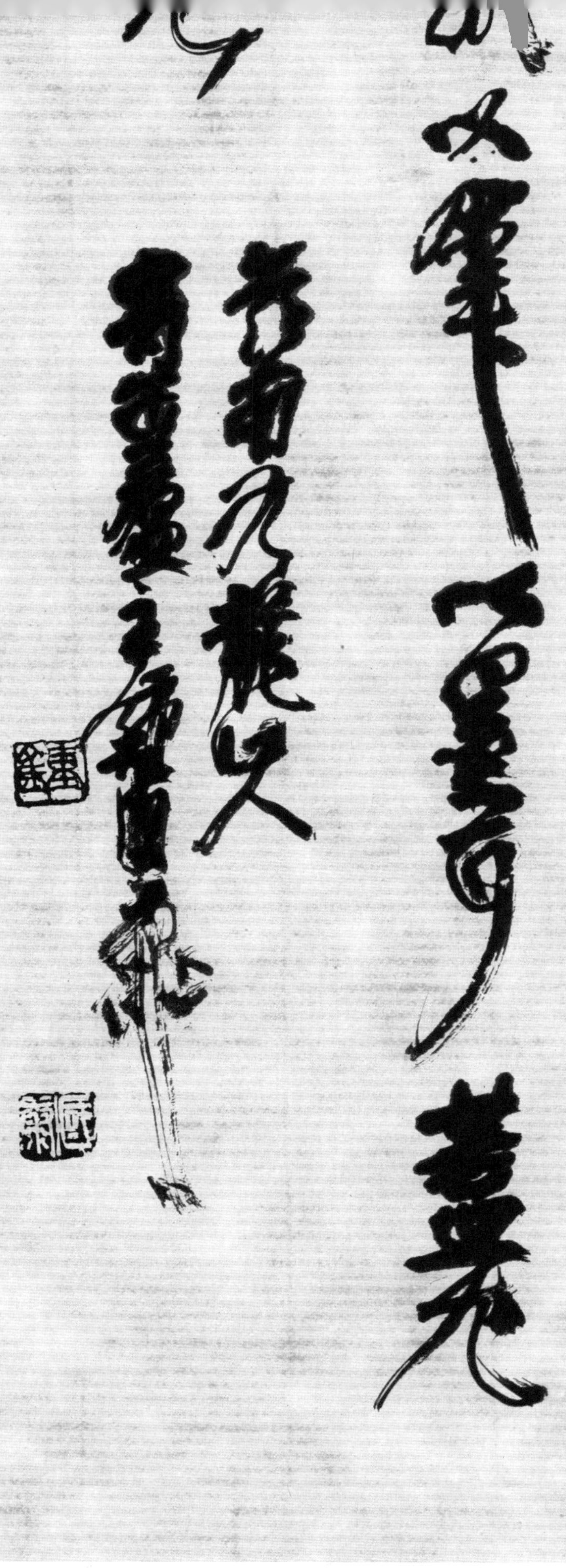

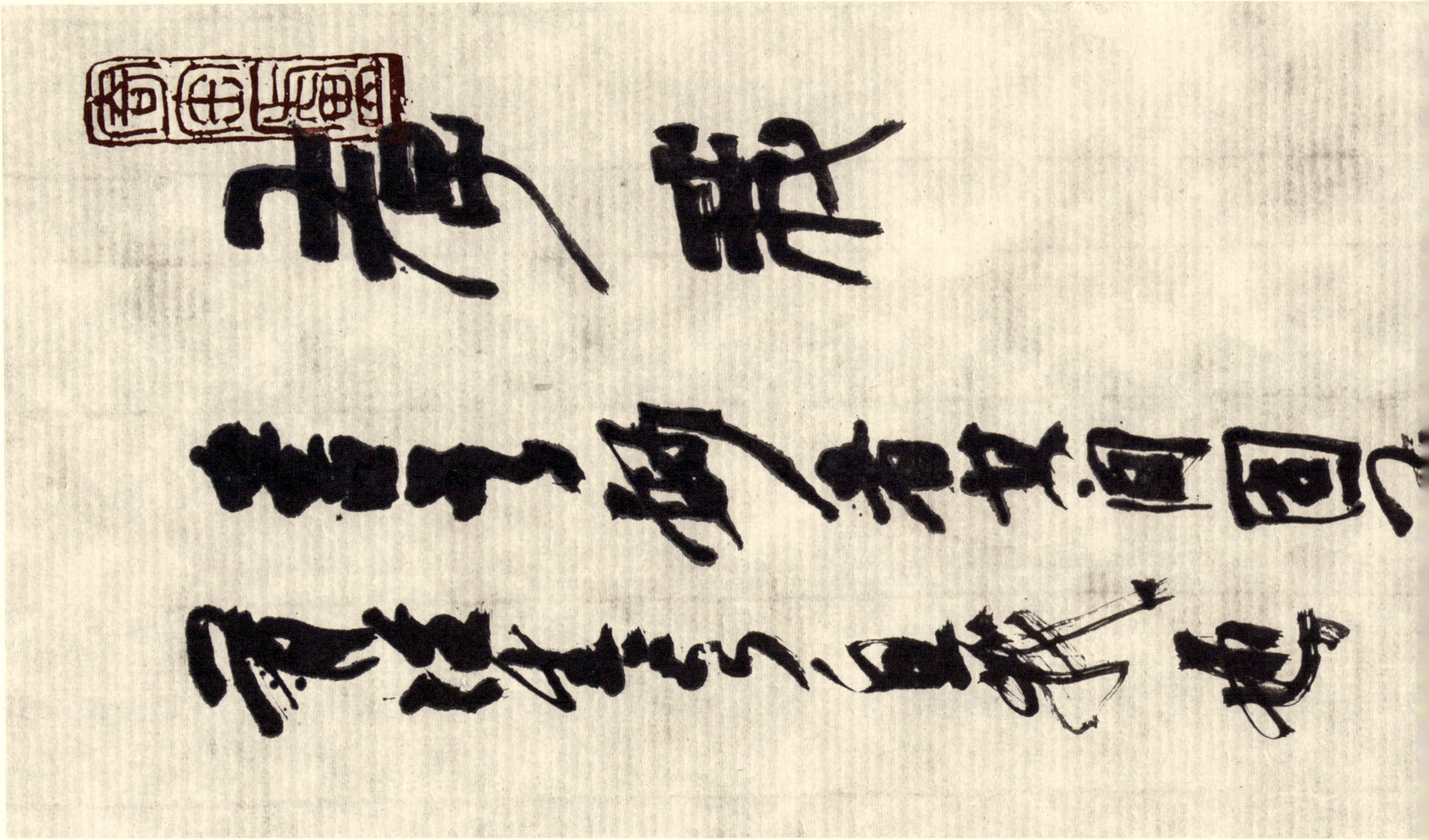

存我

书之妙者，其间固有前贤往哲在，而尤须有活生生之自我也。岭南九龙山人，寄缶庐主钟国康。

印鉴：寄缶庐、钟、国康。

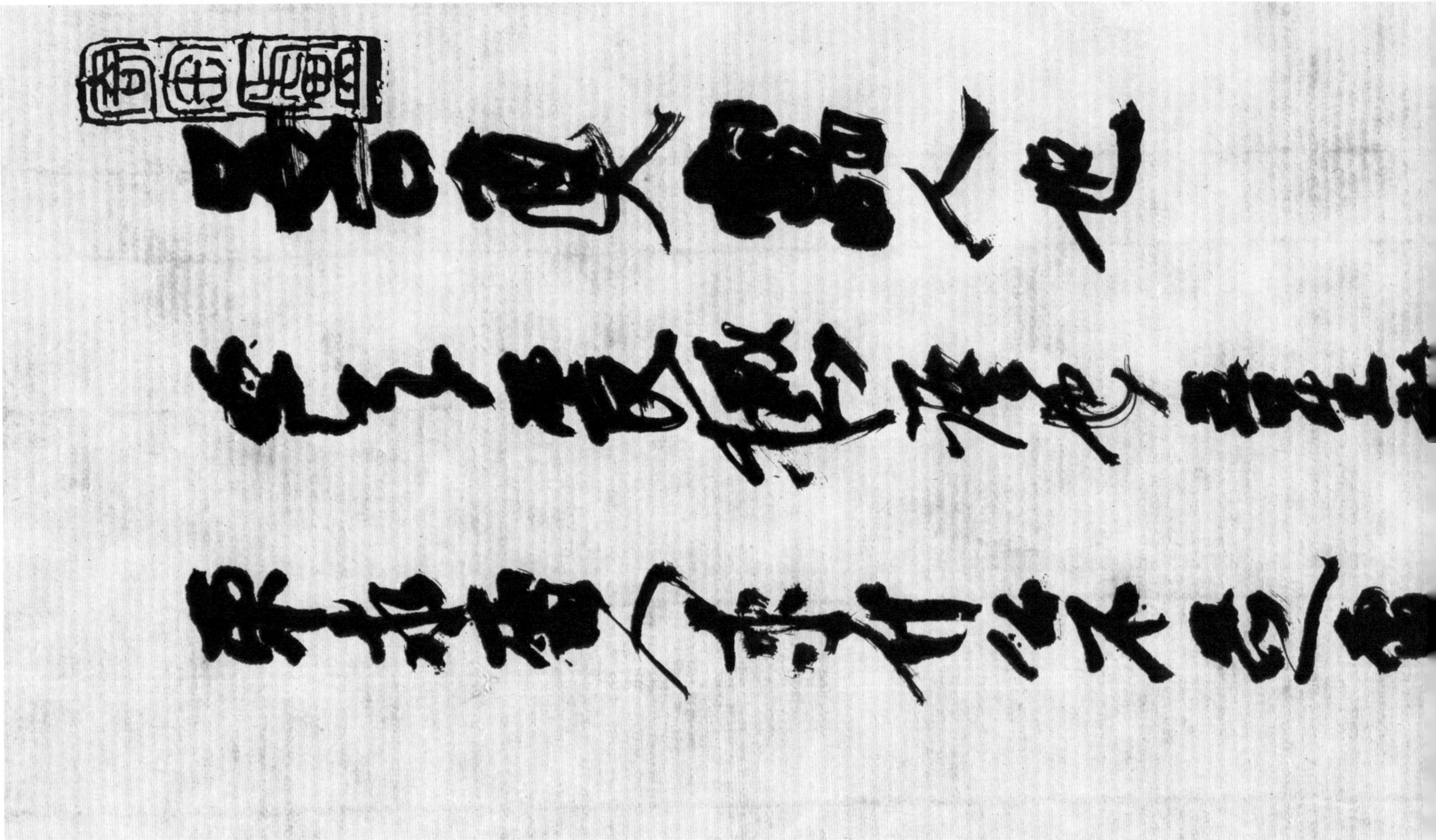

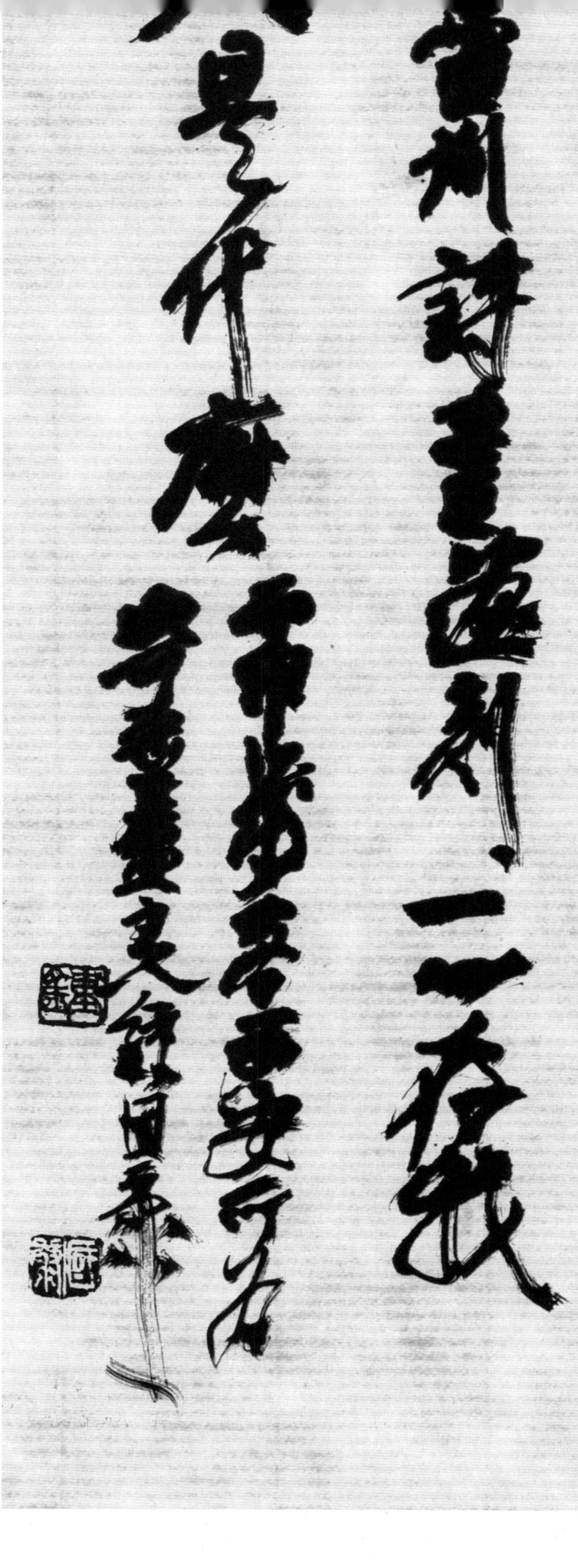

吾真雷人也

今之震撼语也，吾生于雷州，诗书画刻一心存我，不求雷人求什么？不是雷人是什么？

款文：丙申岁客西安所为，寄缶庐主人钟国康。印鉴：寄缶庐、钟、国康

石入诗心真隽语，人惊侠骨气如虹。

款文：

丙申岁吉日之月。岭南九龙山人，寄缶庐主钟国敬书。

印鉴：

寄缶庐、钟、国康。（为文道堂造联）

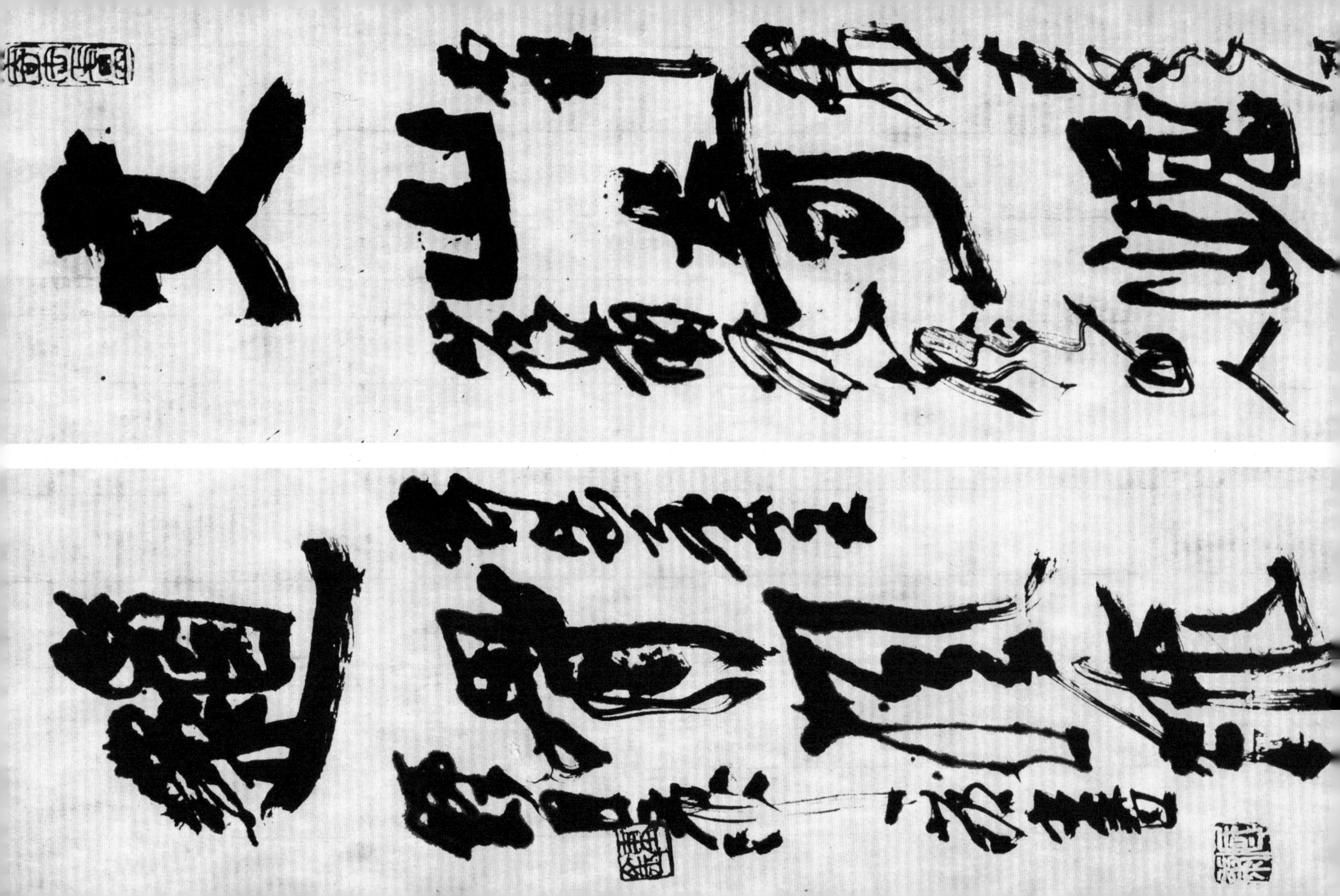

文山奇崛今谁赏，道骨风流着意夸。

款文：

丙申岁吉日之月。岭南九龙山人，寄缶庐主钟国敬书。

印鉴：

寄缶庐、钟、国康。（为文道堂造联）

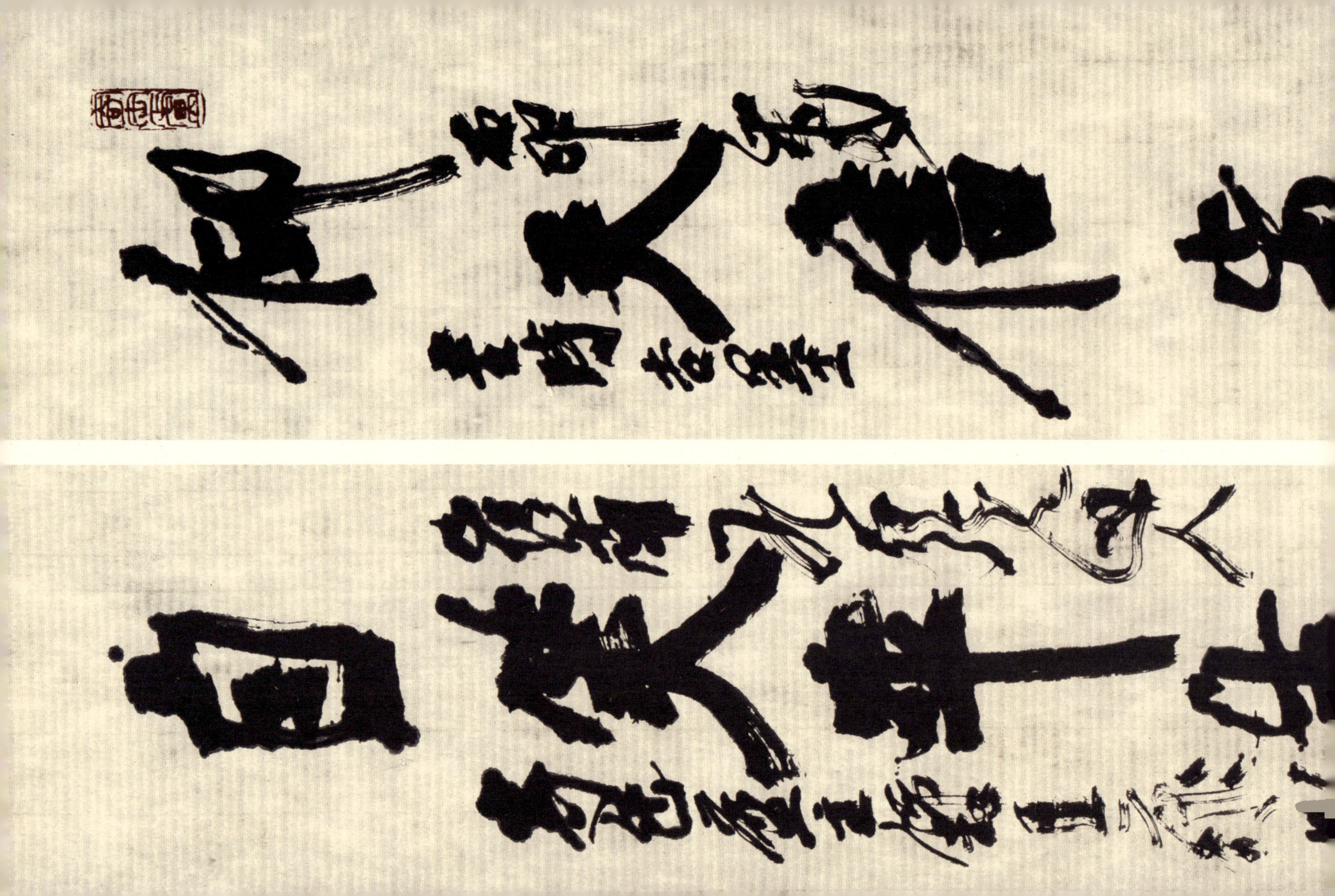

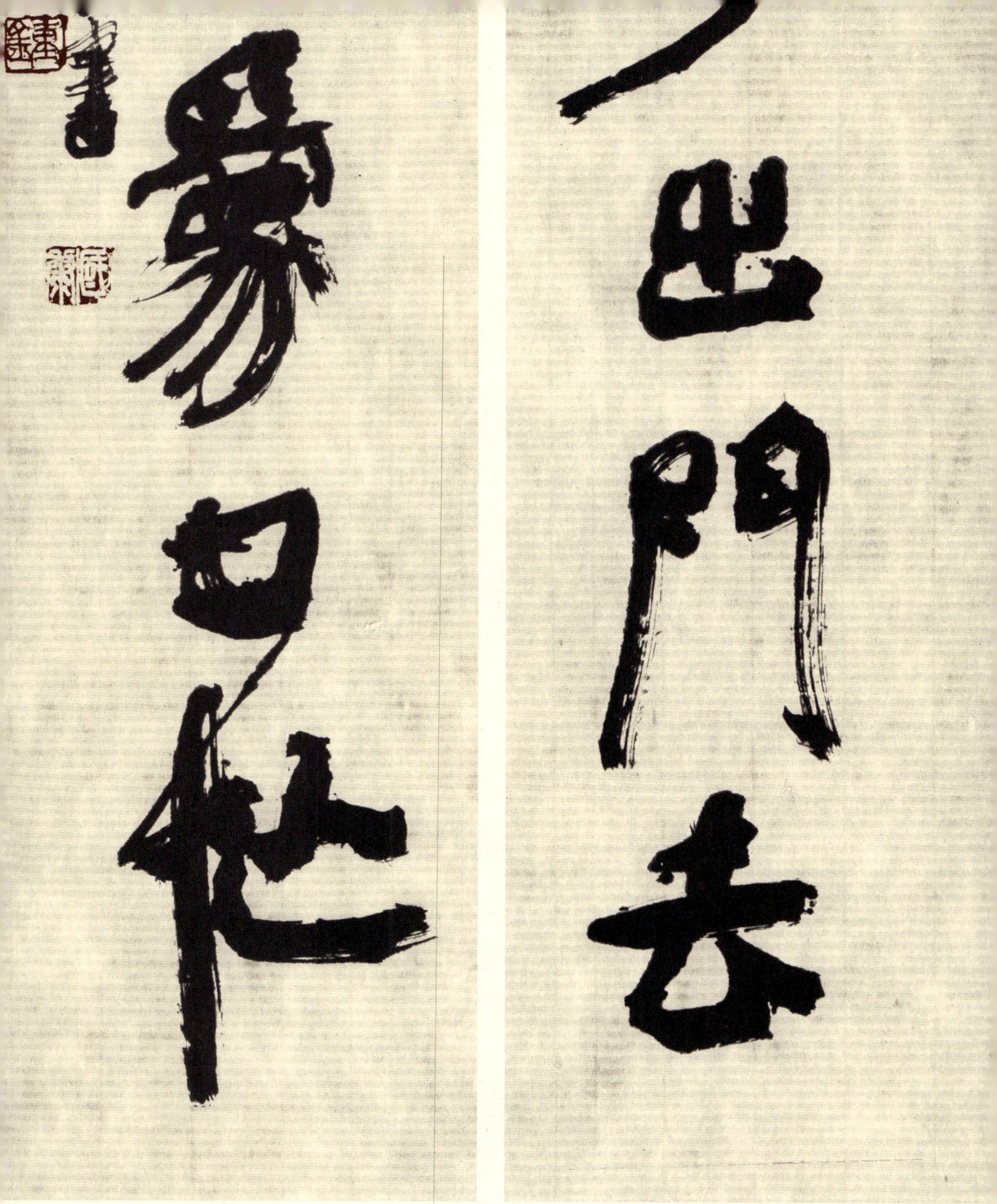

仰天信步出门去，自笑平生为口忙。

款文：

丙申岁，吉时吉墨。岭南九龙山人，寄缶庐主钟国敬书。

印鉴：

寄缶庐、钟、国康。

存我最真

款文：

我就是我，存我最真。寄缶庐主人钟国康。

印鉴：

寄缶庐、钟、国康。

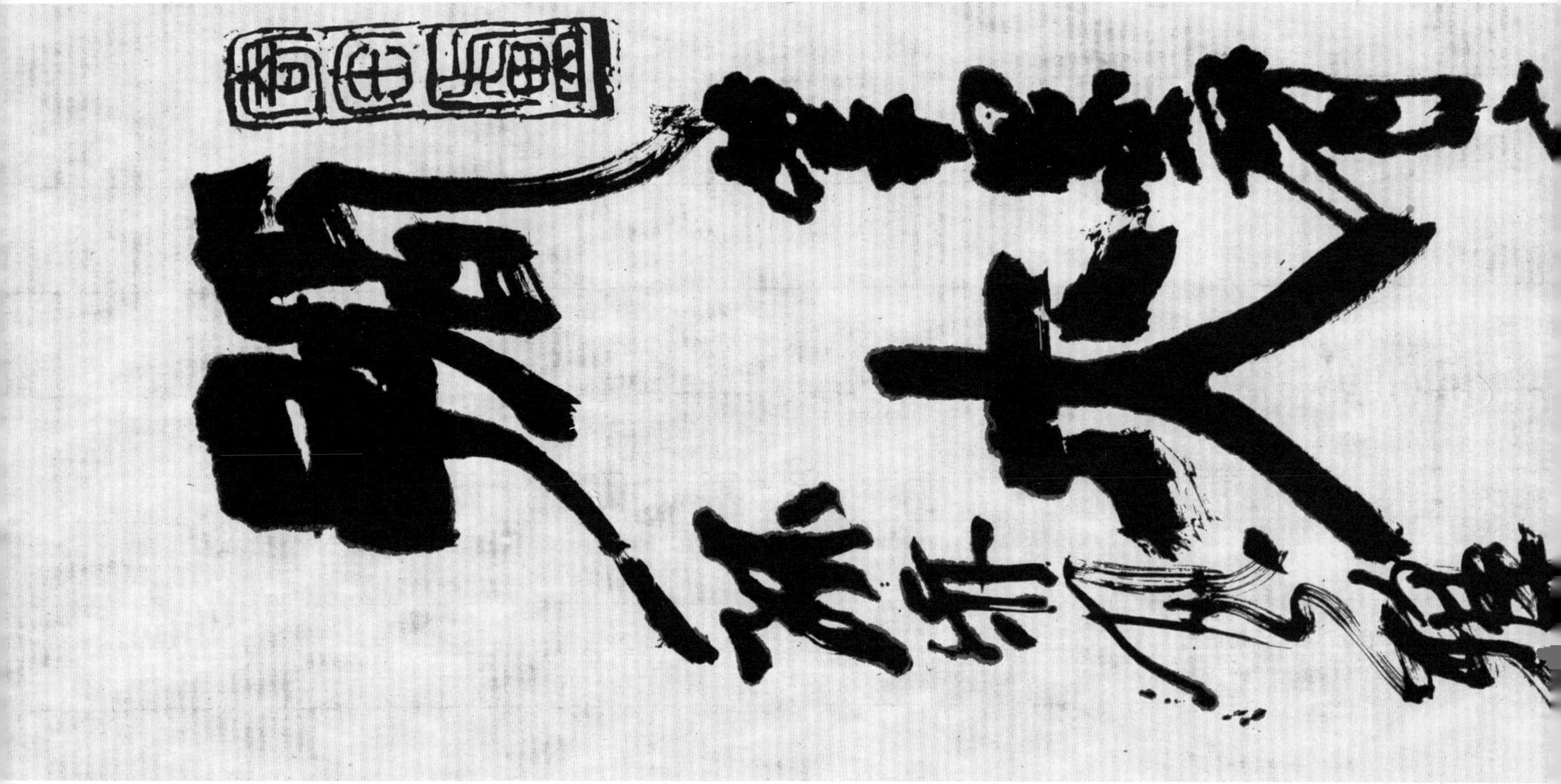

孤亦风雅

款文：
笔墨有病，孤亦风雅。钟国康。
印鉴：
寄缶庐、钟、国康。

恐非才气

款文：
才气未大，身子以弱。钟国康。
印鉴：
寄缶庐、钟、国康。

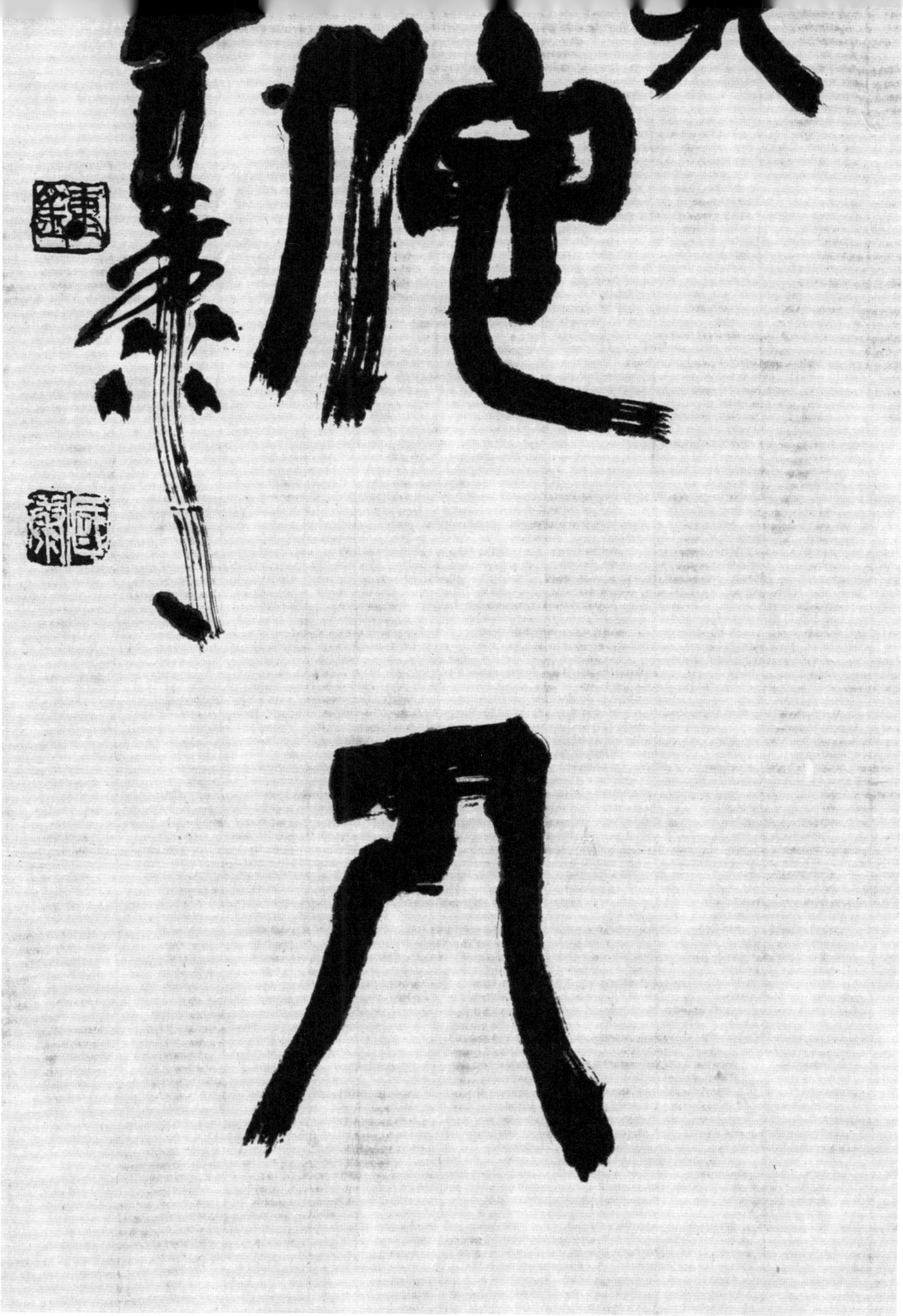

不作他人

款文：

存我最真。寄缶庐主人钟国康。

印鉴：

寄缶庐、钟、国康。

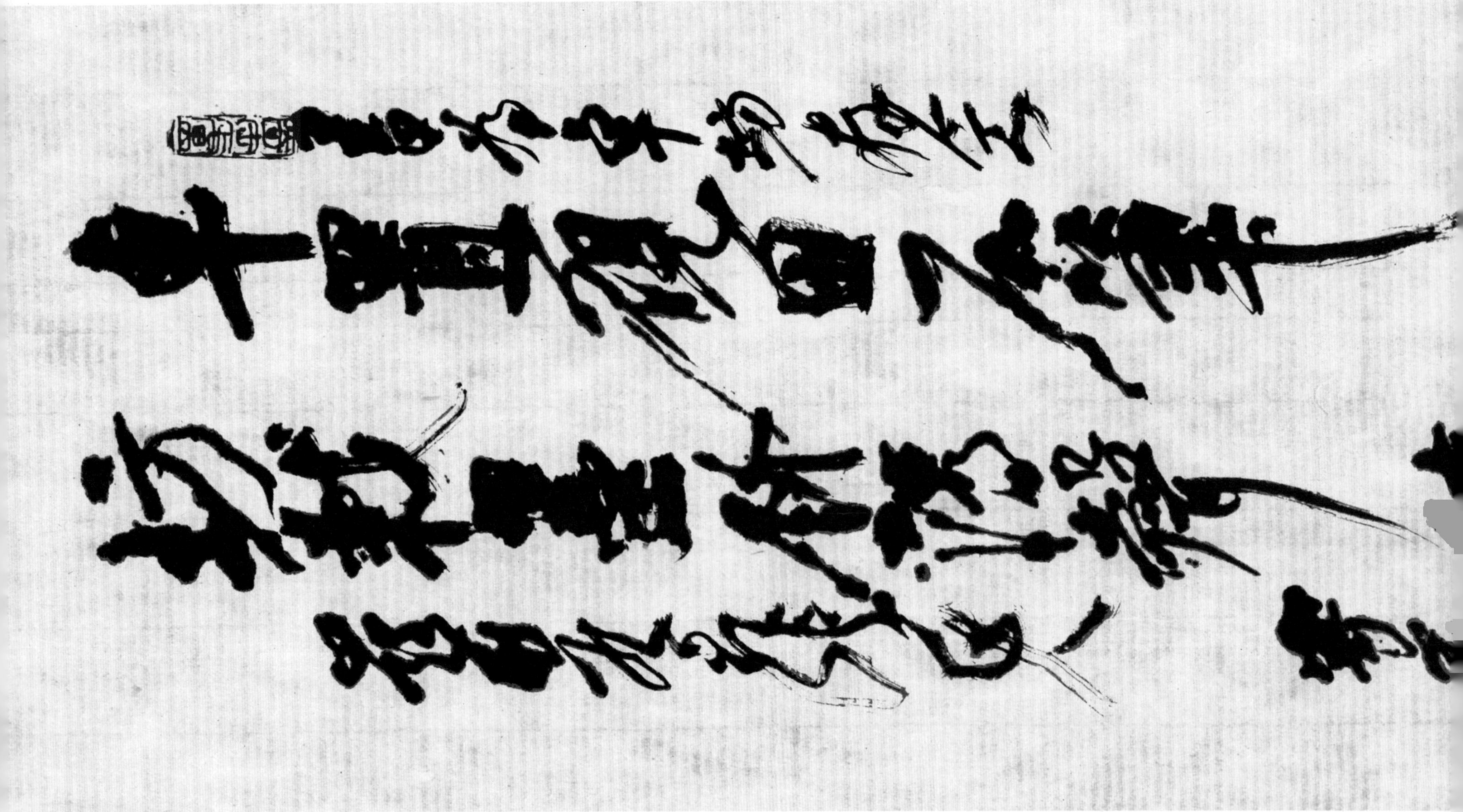

卓置砚田，石笔纵横耕锦绣；坊栽墨竹，清声缭绕养风烟。

款文：

书为卓坊存念。岭南九龙山人，钟国康。

印鉴：

寄缶庐、钟国康。（为卓坊造联）

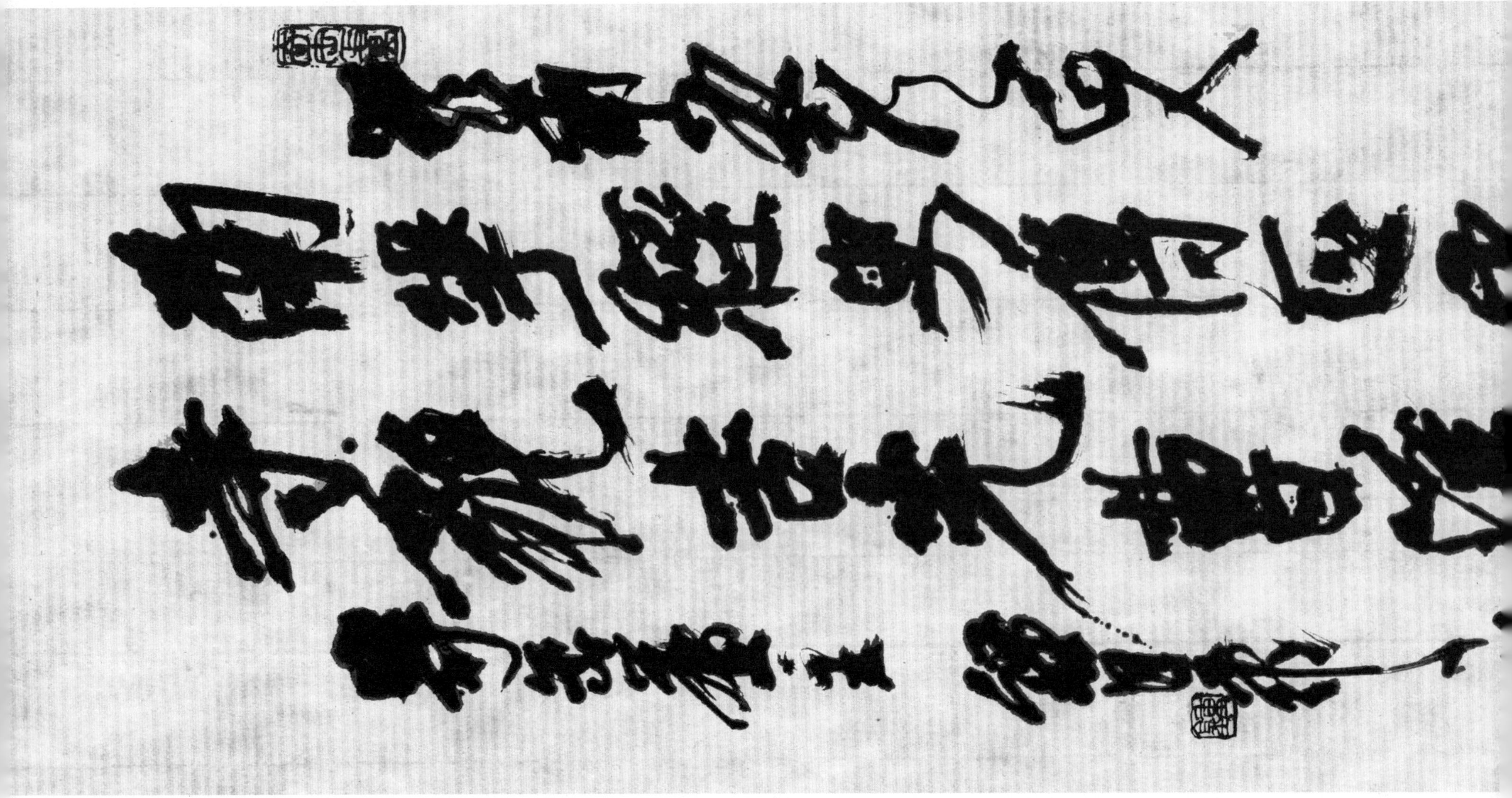

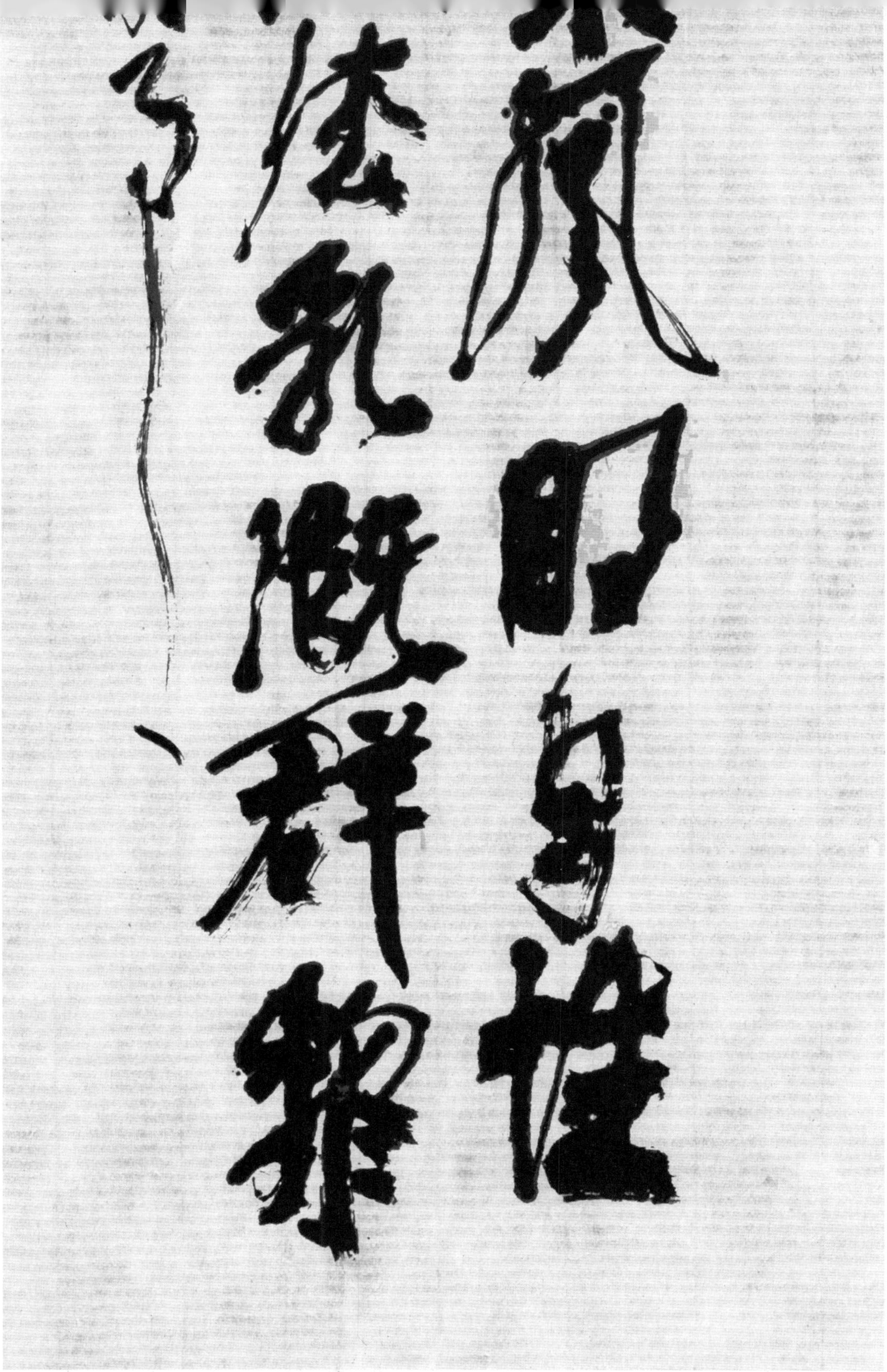

南华经史，传正宗风明自性；寺貌吉光，曹溪法乳溉群黎。

款文：

岭南九龙山人，寄缶庐主钟国康敬事。

印鉴：

寄缶庐、钟国康。（为南华寺造联）

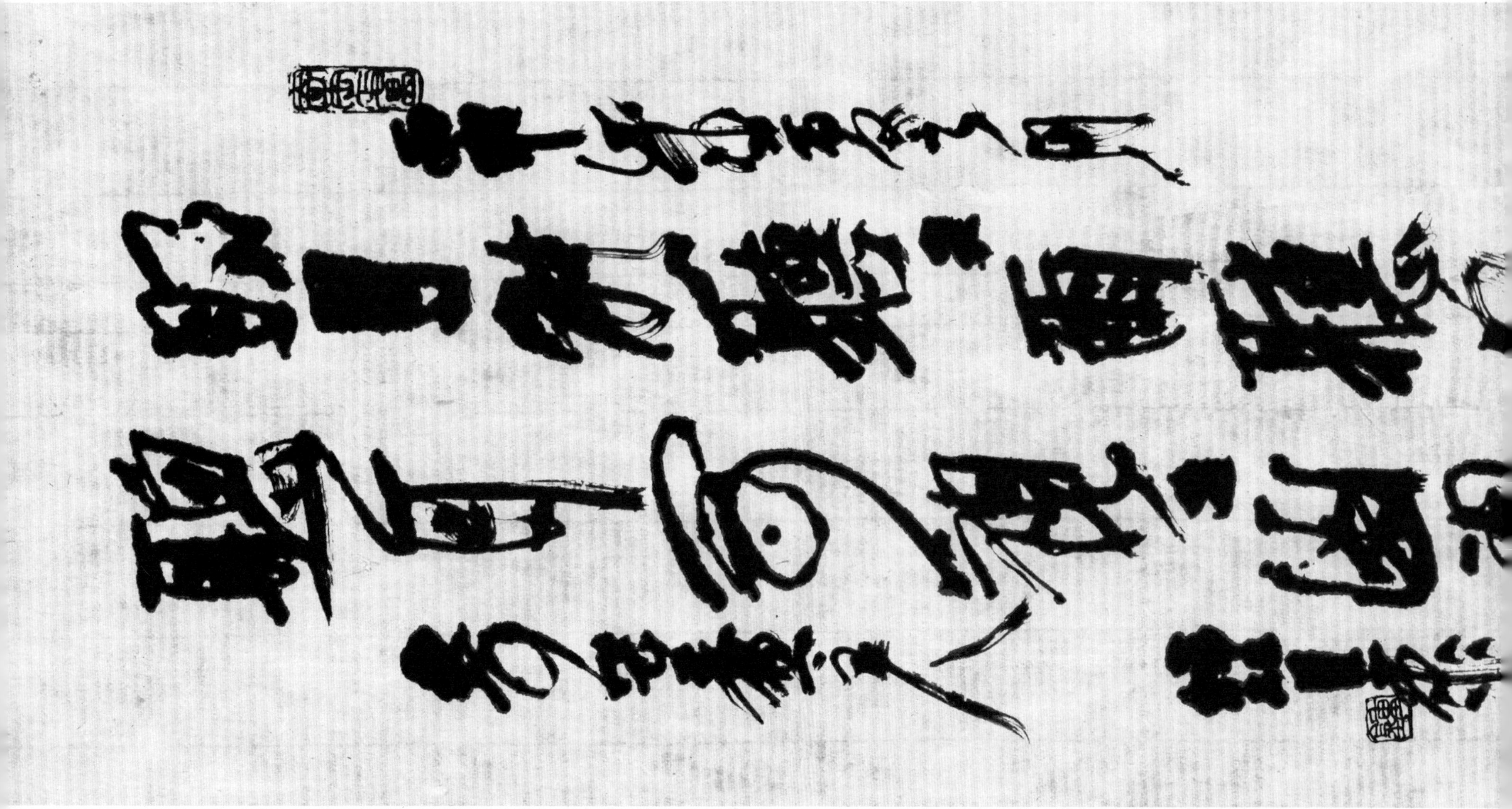

明目能听，听雨听风听丽水；聪耳可视，视山视海视云霞。

款文：

丙申岁夏之月，寄缶庐主人，钟国康敬事。

印鉴：

寄缶庐、钟国康。（为明聪丽云伉俪造联）

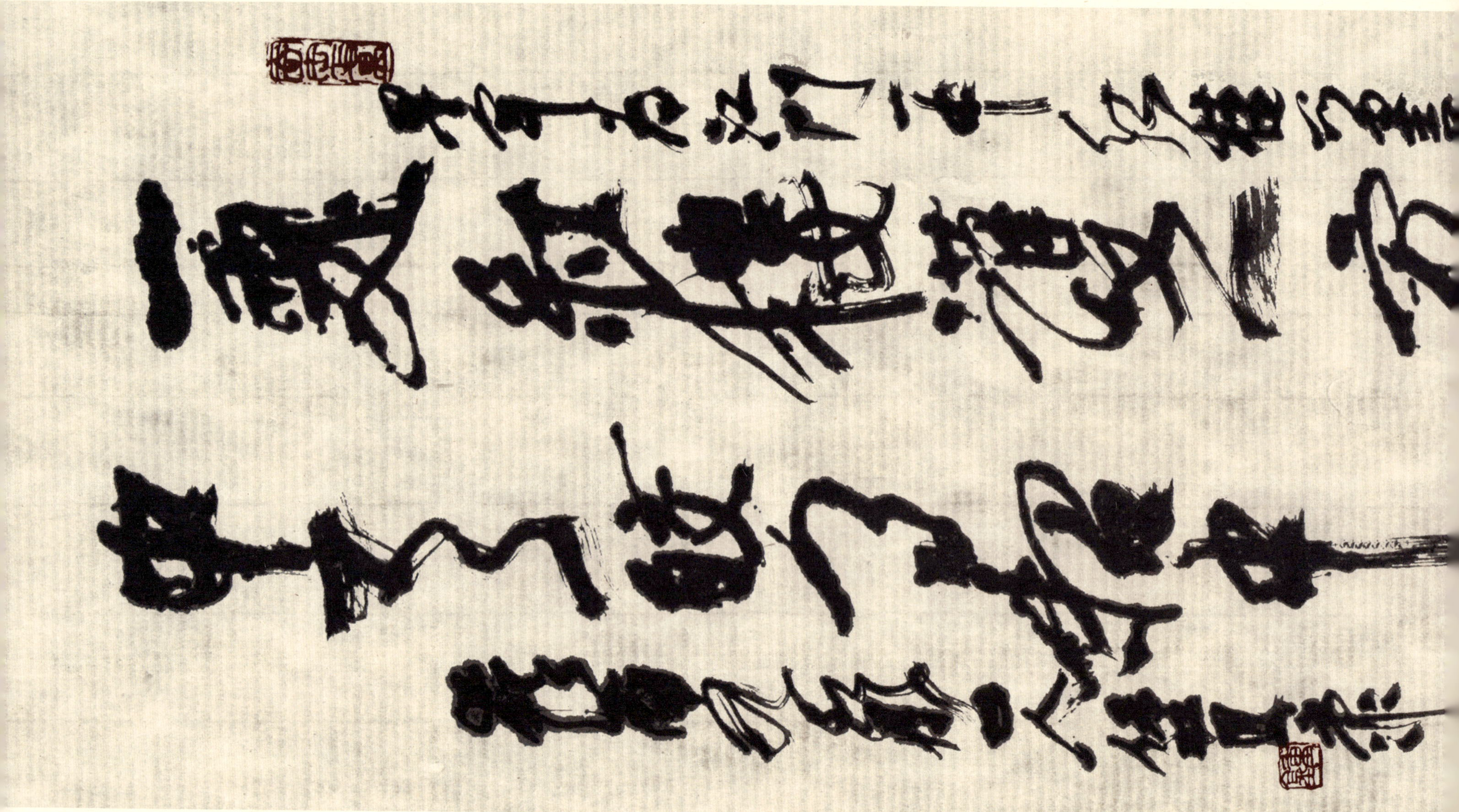

一处红楼护一方妖娆景色，中天皎月招中外无数归心。

款文：

早年为江门一中红楼所书（之）联。岭南九龙山人，钟国康。

印鉴：

寄缶庐、钟国康。

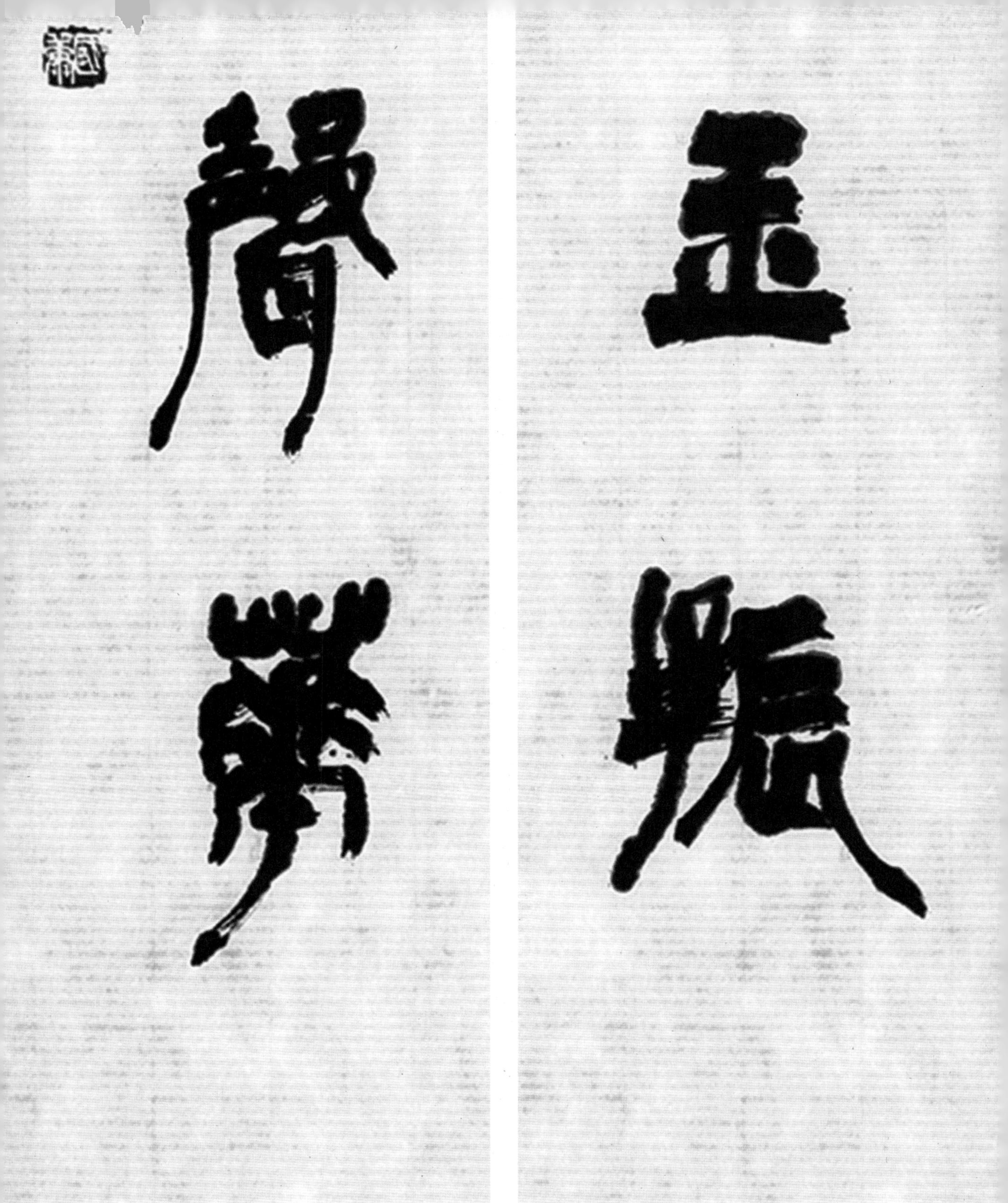

徐音清玉振，爱语大声华。

款文：
书为徐振华斧正。丙申岁夏之月，寄缶庐主人钟国康
印鉴：
寄缶庐、钟、国康。

印回大唐
YIN HUI DA TANG

出版统筹：张　明
责任编辑：张维维
书籍设计：钟国康
内文制作：俸萍利
责任技编：伍先林

图书在版编目（CIP）数据

印回大唐 / 钟国康著. --桂林 : 广西师范大学出版社，2020.10
ISBN 978-7-5598-3182-8

Ⅰ. ①印… Ⅱ. ①钟… Ⅲ. ①文艺－作品综合集－中国－当代 Ⅳ. ①I217.2

中国版本图书馆 CIP 数据核字（2020）第 166335 号

广西师范大学出版社出版发行
（广西桂林市五里店路 9 号　邮政编码：541004
网址：http://www.bbtpress.com）
出版人：黄轩庄
全国新华书店经销
广西广大印务有限责任公司印刷
（桂林市临桂区秧塘工业园西城大道北侧广西师范大学出版社集团有限公司创意产业园内　邮政编码：541199）
开本：889 mm × 1 194 mm　1/16
印张：14　　字数：290 千
2020 年 10 月第 1 版　　2020 年 10 月第 1 次印刷
定价：78.00 元